Robert Solé, né au Caire en 1946, est arrivé en France à l'âge de 18 ans. Il est l'un des meilleurs spécialistes français de l'Égypte. Longtemps journaliste au *Monde*, il dirige actuellement *Le Monde des Livres*. Auteur de plusieurs romans à succès (*Le Tarbouche, Le Sémaphore d'Alexandrie, La Mamelouka, Mazag*), Robert Solé a également publié des essais remarqués, comme *L'Égypte, passion française* et le *Dictionnaire amoureux de l'Égypte*.

Robert Solé

UNE SOIRÉE
AU CAIRE

ROMAN

Éditions du Seuil

TEXTE INTÉGRAL

ISBN 978-2-7578-2462-7
(ISBN 978-2-02-103001-3, 1re publication)

1

Nous avons quitté l'Égypte comme des voleurs. Sans au revoir ni merci, sans même avertir les amis. Ma mère avait réussi à arracher un visa de sortie à cet officier qui rôdait autour de nous. Lieutenant-colonel Hassan Sabri… Ce n'était, en principe, que pour un court séjour au Liban.

Notre dernier interlocuteur sur le sol égyptien, en juin 1963, fut un douanier au regard de faucon, assisté de deux sbires qui rivalisaient de zèle. Ils ne devaient rien nous épargner : valises ouvertes, vêtements dépliés, tâtés, froissés… Et des questions de plus en plus précises, comme si au fil des minutes notre culpabilité se confirmait. Coupables de quoi ? Vaguement accusé d'évasion fiscale, mon père avait compris qu'on ne le lâcherait pas. Il s'était décidé à partir en catastrophe, abandonnant sur place une entreprise florissante.

Le douanier lui demanda sèchement de vider son portefeuille. Puis il examina une à une les cartes de visite qui s'y trouvaient. En d'autres temps, Sélim Yared, patron de l'entreprise Batrakani et fils, aurait fait un esclandre, réclamé le directeur de l'aéroport ou exigé qu'on appelle le cabinet du ministre. Mais nous n'en étions plus là. Plusieurs familles « syro-libanaises » comme la nôtre avaient vu leurs biens nationalisés et leur nom sali dans la presse.

Devant nos valises béantes, papa serrait les dents. Maman, derrière lui, avalait ses larmes. Ce n'est que dans la Caravelle de la Middle East Airlines, au moment du décollage, qu'elle se laisserait emporter par les sanglots. Pour mes frères et moi qui n'avions jamais pris l'avion, ce baptême de l'air commençait par un naufrage…

Finalement, d'un air dégoûté, le douanier nous lança un *Maassalama* méprisant qui, dans sa bouche, ne signifiait pas « allez en paix », mais « fichez-le camp, bon débarras ». Notre séjour sur les bords du Nil avait sans doute été trop bref – quelques générations – pour nous valoir plus d'égards. Nos cartes d'identité n'avaient pas pris assez de patine. Nous n'étions considérés ni comme des Égyptiens à part entière, ni comme de vrais étrangers.

Après notre départ d'Égypte, pendant vingt-cinq ans, j'ai refusé de regarder en arrière. J'étais devenu français, avec passion. Cette France que j'avais découverte et aimée à distance, par les livres, était encore plus séduisante que sur des pages imprimées. Nourri de sa langue et de sa culture, je me fondais dans le décor en véritable caméléon.

De nos familles, il ne restait quasiment plus personne en Égypte. Nous étions dispersés entre Beyrouth, Paris, Genève, Montréal ou Rio. Dans chacune de ces villes d'adoption, des regroupements s'étaient faits. Moi, je me tenais à l'écart.

En 1980, la mort à Genève de Michel, mon oncle et parrain, aurait pu me faire renouer avec l'Égypte. Comment s'appelait cette clinique aseptisée, au bord du lac Léman, où il avait été admis ? Beau Rivage, Belle Rive, ou quelque chose d'approchant… Nous étions en février. Dehors, il gelait. Le ciel était tout blanc.

– Et toi, Charles, m'a signifié Michel d'une voix grêle, tu pourras prendre mes cahiers, si tu veux. Il y en a onze.

Son frère Paul a réagi vivement, comme si le malade avait prononcé une obscénité :

– Ne dis pas de bêtises, voyons ! Dans deux ou trois semaines tu seras sur pied. Il faudrait d'ailleurs que je te réserve une place de train pour Châtelguyon.

Le lendemain des funérailles, j'emportais les onze cahiers dans un sac de toile, acheté pour la circonstance. Ils avaient tous la même couverture cartonnée, de couleur bleue ou marron, comme on en faisait jadis au Caire. J'aurais pu me précipiter sur le journal de mon parrain, au moins par curiosité. Mais je n'ai même pas ouvert le sac en arrivant à Paris. Les onze cahiers sont restés dans cette prison de toile, au fond d'une armoire.

Mon amnésie volontaire pouvait-elle durer éternellement ? Un beau jour, je me suis plongé dans le journal de Michel, pour ne plus le refermer.

Pendant des années, emportant l'un ou l'autre en voyage, j'ai pris le risque d'égarer ces cahiers. L'informatique m'a sauvé. Je bénis le ciel d'avoir pu les copier sur une clé USB qui ne me quitte pas. C'est moins émouvant, mais je peux à tout moment en retrouver un extrait. Souvent, je n'en ai même pas besoin : j'ai fini par connaître par cœur des passages entiers.

J'appartiens à un monde qui est mort en avril 1958, le jour des funérailles de mon grand-père, Georges bey Batrakani. Mort et enterré, même si nous avons encore connu quelques années heureuses en Égypte avant l'exil et la dispersion. La plupart ont tourné la page. Moi, je m'obstine à jouer les prolongations. Ce monde a disparu, et je continue pourtant à guetter les battements de son cœur et ses sourires.

2

De tous les lieux de mon enfance, c'est la maison de mes grands-parents maternels qui tient la plus grande place. Sans doute parce qu'elle est toujours habitée, grâce à Dina.

Dina ! Personne ne l'aurait imaginée en gardienne du temple. Elle, la veuve d'Alex, le jean-foutre de la famille, ce grand consommateur de bagnoles et d'actrices de série B… « Des poules », comme on disait à l'époque. « Toute une basse-cour », précisait papa.

Les yeux clairs de Dina et son corps de reine subjuguaient petits et grands. Je la revois en bikini orange sur le sable blanc, à Agami. Elle choquait beaucoup ma grand-mère, avec ses pantalons, ses talons hauts, et cette manière de nouer les pans de sa chemise au-dessus de sa taille nue. Nul ne s'étonnait que mon oncle Alex ait été séduit par une jeune fille aussi libre d'allure, plutôt riche de surcroît. Quant à moi…

Un colloque verbeux sur la Méditerranée, un de ces colloques où les orateurs enfilent de vieilles perles, m'avait donné l'occasion d'un premier retour en Égypte. On m'avait logé, avec les autres participants, dans un palace sur le Nil, situé à quelques centaines de mètres de la maison de mes grands-parents. Il était plus de minuit à notre arrivée. Du balcon de ma chambre, au septième étage, j'avais une vue plongeante sur des bateaux illuminés qui diffusaient au loin une musique assourdie et des chants. Je me suis endormi dans un lit à trois places, face à une gravure de David Roberts montrant le temple de Louqsor envahi de pigeonniers autour de 1830.

Réveillé à l'aube, je me suis précipité au balcon. Le Nil, métallique, s'étalait sous mes yeux. Des nuages mauves s'y miraient, se mêlant au reflet de plusieurs buildings dont les grandes masses étaient trouées de lueurs électriques. La ville avait l'air immobile, mais on la sentait s'éveiller, s'étirer, éblouie par les premiers rayons de soleil. Un quart d'heure plus tard, il faisait jour, et le fleuve se ridait. Au loin, des véhicules de plus en plus nombreux franchissaient le pont Qasr el-Nil. Les bourdonnements de la ville montaient jusqu'au septième étage.

J'ai téléphoné à Dina, un peu inquiet. Comment m'accueillerait-elle après tout ce temps ? Et qu'était-elle devenue ? Je craignais de trouver une femme déjà fanée.

Elle m'a reçu sur la terrasse, à l'heure du thé. Elle portait une chemise flamboyante et un pantalon de soie. On ne lui aurait jamais donné une soixantaine d'années. Ses yeux clairs semblaient refléter toutes les passions qu'elle avait suscitées au cours de sa vie. Elle m'a interrogé sur les uns et les autres. J'ai parlé des fils de Paul à Genève, de ma mère et de mes frères à Paris, des enfants de Lola, dispersés entre Beyrouth et Montréal… C'est en me raccompagnant à la porte qu'elle m'a dit :

– Pourquoi aller jeter ton argent à l'hôtel ? Il y a des chambres ici. La prochaine fois que tu viendras au Caire…

Les chambres ne manquent pas, en effet. Dès la fin de l'année 1929, dans les cahiers de Michel, il est souvent question de cette maison, encore en construction. Mon grand-père maternel, Georges bey Batrakani, avait décidé de quitter son quartier natal de Choubra, de plus en plus populeux, pour s'installer à Garden City, qu'on appelait encore Qasr el-Doubara. Il voulait côtoyer des familles riches, qui s'étaient fait construire des villas non loin du Nil.

Yolande, ma grand-mère, se désolait de quitter Choubra, où elle laissait tant de souvenirs, de parents et d'amis. Mais, surtout, elle s'inquiétait pour les finances familiales. Si Georges bey était le concessionnaire de plusieurs marques étrangères, son autre activité, l'usine de tarbouches, stagnait dangereusement. On se demandait même s'il n'allait pas devoir mettre la clé sous la porte. Ces maudits Tchèques (« Sémodichek », comme il surnommait la concurrence) accaparaient le marché et semblaient imbattables. Le rebond spectaculaire des tarbouches Batrakani n'avait pas encore eu lieu, et le journal de Michel reflète la tension qui régnait cet été-là.

Alexandrie, 15 juillet 1929

Toute la famille flâne sur la plage de Sidi Bishr, mais papa est resté au Caire pour surveiller le début des travaux. Il ne nous rejoindra peut-être même pas le week-end prochain. Maman cache mal son énervement : elle est persuadée que cette villa va nous ruiner. L'installation du chauffage s'imposait-elle vraiment ? Sa sœur n'a rien arrangé en lui lançant : « Chérie, depuis quand se chauffe-t-on au Caire en hiver ? »

Maman est surtout affolée à l'idée de changer de quartier. « Nous partons de Choubra », disait-elle hier aux cousins alexandrins, comme si elle parlait d'un exil en Amérique.

Lors de mon deuxième séjour au Caire, j'étais logé chez un ami d'enfance, à Héliopolis. Dina organisait une réception cette semaine-là, mais je n'avais aucune envie de rencontrer des inconnus. Je lui ai rendu visite le lendemain après-midi. Elle m'a montré la salle des tarbouches, mais c'est dans la chambre de Michel que je me suis attardé, feuilletant quelques ouvrages, interrogeant du regard les meubles, les objets, le cabinet de toilette… Elle a dû sentir mon émotion.

– La prochaine fois que tu viendras au Caire, fais-moi signe à l'avance. Je demanderai à Mahmoud de te préparer cette chambre.

C'est devenu un rituel.

– Ta chambre est prête, Mahmoud l'a aérée, précise-t-elle chaque fois en m'accueillant.

3

Tout à l'heure à l'aéroport, empoignant ma valise pour la fourrer dans le coffre de sa Peugeot en ruine, le chauffeur de taxi m'a lancé un « Hello Mister », avant de se confondre en excuses :

– Qu'Allah me pardonne, *ya bey* ! Je vous avais pris pour un étranger.

Après tout, il n'était pas très loin de la réalité. Je suis sûr que mon regard me dévoile : au bout de tant d'années, il doit y avoir dans mes yeux quelque chose d'ailleurs, qui transparaît.

J'ai évité de me distinguer davantage. Comme tout client mâle qui se respecte en Égypte, je me suis assis près du chauffeur, à la place du mort. Ici, seules les femmes meurent à l'arrière… Je n'ai pas tenté d'attacher la ceinture de sécurité poussiéreuse qui n'était là que pour la forme.

Le véhicule, aux relents d'essence, file en pleine nuit vers le centre du Caire. À chaque changement de vitesse, le moteur a l'air de suffoquer. Redoutant un brusque coup de frein ou une collision, je reste dans ma coquille, les fesses serrées. Je parle le moins possible avec le chauffeur pour éviter de le distraire, mais surtout pour ne pas trébucher sur les mots. En arabe, mon accent est parfait, c'est le vocabulaire qui me manque, et me trahit.

– Si je comprends bien, me disait l'un des égyptologues français, tu connais trop bien l'arabe pour mal le parler.

Les questions insistantes du chauffeur m'obligent à sortir de mon mutisme. Je me présente comme exilé en France depuis très longtemps, puis comme Français d'origine égyptienne. Ces définitions boiteuses, et la manière gênée dont je les formule, contribuent à brouiller mon image. Ne sachant plus à qui il a affaire, l'homme commence à me lancer des coups d'œil soupçonneux.

Ce voyage au Caire me ramène quarante ans en arrière, sur cette même route de l'aéroport, empruntée dans l'autre sens. C'était alors une autoroute dans le désert. On la reconnaît à peine. Tous ces bâtiments, surgis de part et d'autre, la dénaturent complètement.

Le taxi fonce dans la nuit. J'ai tout juste le temps d'apercevoir les villas d'Héliopolis sur la droite, le palais du baron Empain sur la gauche et, plus loin, éclairé *a giorno*, avec sa gigantesque coupole, le musée militaire commémorant la guerre d'octobre 1973.

– Nous sommes en 2003, me dit le chauffeur. Ça fait trente ans que nous célébrons la victoire contre Israël. Drôle de victoire, vous ne trouvez pas ? Quand on voit où nous en sommes aujourd'hui…

Je me contente d'un grommellement. Pas question de me lancer dans une discussion politique.

– Quand on voit où nous en sommes aujourd'hui ! répète-t-il.

Où en suis-je, moi ? Je viens d'avoir cinquante-huit ans. C'est mon onzième ou douzième séjour en Égypte depuis que j'ai renoué avec mon pays d'enfance. Mais ce voyage-ci ne ressemble à aucun autre.

Il y a deux semaines, au téléphone, quand j'ai annoncé à Dina que je revenais passer quelques jours au Caire, huit mois seulement après mon passage précédent, elle a été surprise. D'ordinaire, mes visites sont plus espacées. J'avais bien répété la manière dont je formulerais mon mensonge :

– Je viens faire une recherche sur un égyptologue français, Bernard Bruyère, dont les cahiers de fouilles sont conservés à l'Ifao.

– Très bien, *habibi*. Je t'attends.

Ce nom ne lui évoquait rien. Pour elle, l'égyptologie, c'est du chinois. Mentir à Dina ne me plaît pas, mais pouvais-je lui avouer au téléphone la vraie raison de ce voyage ?

Elle était ravie de ma venue :

– Tu m'as bien dit, Charles, que tu arrivais le lundi ? Ça tombe bien…

Dina reçoit tous les premiers mardis du mois. Elle ne sait jamais combien de personnes viendront. On est habitué ici aux apparitions surprise et aux défections de dernière minute. Quelques jours plus tôt, elle fait une tournée téléphonique, convoquant tout Le Caire à sa manière, chaleureuse et irrésistible.

Chacun peut croire que la réception est organisée spécialement pour lui :

– Le cuisinier va préparer la *sayyadeya* que tu aimes… Je dois absolument te présenter une pianiste roumaine de passage… Tu es très attendu, ils veulent tous te voir…

Le taxi dévale les autoponts qui enjambent la ville. À l'approche de la gare centrale, la bâtisse imposante du collège des jésuites fait une grosse masse sombre. Je n'ai même pas eu le temps de voir si une fenêtre était allumée à l'étage des Pères.

Ma vitre est bloquée à mi-hauteur. À cette vitesse et à cette heure tardive, malgré la douceur de la température, il fait froid. Heureusement, nous sommes en train d'arriver à la hauteur du Nil. Le taxi est contraint de ralentir. Il effectue un virage périlleux à gauche en direction de Garden City, s'attirant les appels de phare d'un minibus lancé à fond de train.

L'épreuve est bientôt finie. Nous pénétrons dans ce quartier résidentiel aux rues courbes et entrelacées qui semblent avoir été faites pour embrouiller les intrus. Le chauffeur me dépose devant le portail ouvert. Un généreux pourboire, qui ne se justifie pas, me vaut toutes les bénédictions de la terre. Je lui dis *Maassalama*, va en paix.

Il est plus d'une heure du matin. Le vieux Mahmoud, qui a dû entendre le taxi, vient à ma rencontre, au bas du perron. Nous nous saluons avec effusion. J'insiste pour monter moi-même ma valise.

18

Dina est déjà dans sa chambre, mais pas encore couchée. Elle m'appelle, et j'ai de nouveau seize ans. Assise devant sa coiffeuse, elle est en train de se démaquiller, ce qui m'empêche de l'embrasser. Je prends la main qu'elle me tend et l'effleure des lèvres.

– Tu arrives bien tard, *habibi* ! Ton avion se serait-il égaré dans le ciel ?

Entrer dans la chambre de Dina me trouble toujours. Comme si je m'aventurais en terrain interdit. Il n'y a pourtant entre nous aucun lien de sang. Rien n'aurait empêché l'adolescent de jadis, subjugué par une jeune femme à la beauté insolente, de tomber dans ses filets. Encore fallait-il qu'elle regarde dans ma direction, qu'elle se rende compte de mon existence…

Les yeux dans le miroir de sa coiffeuse, Dina essuie ses paupières avec une lingette humide. Un léger parfum d'eau de rose flotte dans la pièce. Lors de mon premier retour en Égypte, elle avait soixante ans passés. Elle en a une dizaine de plus, mais qui pourrait le croire ?

– Ta chambre est prête, me dit-elle. Mahmoud l'a aérée.

Pourquoi cette manie d'aérer ? L'odeur des vieux livres de Michel imprègne les murs. Il y en a bien deux mille, sans compter les collections complètes de *La Revue du Caire* et du *Lotus*. Lors de son départ d'Égypte, en 1961, mon oncle maternel n'avait pu emporter que quelques ouvrages. Tous les autres sont restés ici, abritant parfois des notes manuscrites.

Cette chambre est exactement celle qu'il avait laissée en partant. Même les petites jumelles de théâtre attendent sur la commode, près de la porte, comme si une représentation à l'opéra du Caire était prévue ce soir-là. Dina m'a promis de ne toucher à rien.

– C'est ta chambre, *habibi*. Si tu crois que j'ai le temps de m'en occuper !

J'aime bien l'entendre dire « ta chambre ». Avec quel bonheur, je retrouve chaque fois ce lit nacelle à double montants, le couvre-pieds à rayures et sa housse de cretonne imprimée ! Le matelas s'affaisse un peu, mais qu'importe. Ici, je cherche moins à dormir qu'à rêver.

12 février 1930

J'ai choisi la chambre du bout du couloir, qui donne sur le jardin. Elle disposera d'un cabinet de toilette, muni d'un tub. Papa a proposé de me faire fabriquer des étagères qui couvriront deux murs entiers. « Comme ça, m'a-t-il dit, tu pourras y mettre ce que tu veux, sans nous encombrer avec tes livres. »

Lola et Viviane logeront ensemble à l'autre bout du couloir. Elles sont adorables, mes petites sœurs, mais je les préfère loin de moi. J'ai surtout besoin de calme.

Alex se fiche de la chambre qu'il occupera. La seule chose qui l'intéresse dans cette maison, c'est le billard que papa envisage d'installer à l'entresol. Mon cher frère pourra s'y entraîner à sa guise et briller ainsi auprès des autres penseurs du Club Risotto.

Michel a occupé cette chambre, avec la petite salle de bains attenante, pendant une trentaine d'années. C'est sur ce bureau américain à rideau mobile qu'il notait ses réflexions. Le cuir vert du fauteuil à dossier incurvé est parcouru de mille griffures. Le tampon-buvard porte des traces d'encre séchée que j'ai renoncé à déchiffrer. Une lettre d'adieu, rédigée avant son départ ? Ou l'une des dernières pages de son journal, datées du Caire ? Mon parrain écrivait sans doute avec l'un de ces stylos ventrus, mais il avait conservé l'encrier en cristal torsadé de sa jeunesse, muni des deux porte-plumes : celui à pointe fine pour le français et l'autre à bout carré pour l'arabe.

Le cabinet de toilette n'a pas été réaménagé depuis la Seconde Guerre mondiale. En y entrant, je crois toujours y déceler une vague odeur de savon à barbe ou de brillantine. Les porte-blaireaux sont restés à leur place, sur l'étagère au-dessus du lavabo. Je me souviens que Michel avait reçu, pour l'un de ses anniversaires, sept rasoirs à manche en ivoire fixés dans un logement de velours, dont les lames étaient gravées aux sept jours de la semaine.

4

Je n'ai pas beaucoup dormi. Je ne dors jamais bien la première nuit au Caire. Trop d'idées se bousculent dans ma tête, trop de rêves confus et embrouillés. Dans ce cauchemar, le chauffeur de taxi d'hier soir s'arrêtait brusquement sur un autopont, à la hauteur du collège des jésuites, au risque de se faire emboutir. Je le suppliais de ne pas stationner à un endroit aussi dangereux. Ce n'était plus le chauffeur de taxi, mais un officier en uniforme : le lieutenant-colonel Hassan Sabri… Il tendait l'index vers la grande bâtisse grise et me demandait d'une voix sévère :

– C'est bien ici que votre oncle André habitait ?

Ma grand-mère maternelle était assise à sa table de toilette ce fameux jour de 1921 quand André, son fils aîné, lui a annoncé qu'il voulait devenir jésuite. La réaction de Yolande Batrakani est entrée dans la légende familiale :

– Mais pourquoi, mon chéri ? Pourquoi ? Tu ne nous aimes plus ?

J'ai toujours situé cette scène dans la chambre de mes grands-parents, donnant sur le jardin, que Dina occupe aujourd'hui. Mais je réalise qu'en 1921 les Batrakani habitaient encore à Choubra. C'est donc forcément à Choubra et non ici que la scène a eu lieu.

Cent fois, j'ai imaginé Yolande Batrakani se retourner lentement, raide comme un mannequin, des larmes noyant la poudre qu'elle venait d'appliquer sur son visage :

– Mais pourquoi, mon chéri ? Pourquoi ? Tu ne nous aimes plus ?

Quelques jours plus tard, André quittait l'Égypte incognito, revêtu d'une soutane fournie par les jésuites. Il gagnait la France par Suez, en bateau. Le journal de Michel témoigne de l'ampleur du séisme.

21 février 1921
Il est interdit de prononcer le nom d'André à table. Papa explose dès qu'il entend la moindre allusion à son fils aîné. « Ce n'est pas mon fils, j'ai fait une croix sur lui », disait-il l'autre jour, de manière volontairement provocante. Maman s'est mise à pleurer.
L'atmosphère à la maison devient irrespirable. Le coup de téléphone du Père recteur n'a rien arrangé : papa l'a accusé de détournement de mineur. Au collège, j'ai senti que plusieurs élèves me regardaient étrangement.

Georges Batrakani refusait même d'ouvrir les lettres d'André. Mais, une douzaine d'années plus tard, tout avait changé : son fils aîné le remplissait de fierté, comme le laisse deviner la photo de famille accrochée dans l'entrée, que je ne me lasse pas de scruter à chacun de mes séjours ici.

Ce cliché date de 1934. C'est le moment du retour d'André en Égypte, après des années de noviciat, de juvénat et de théologie en France. Le jésuite est au premier rang. Vêtu d'une soutane, les cheveux en brosse, il a le visage énergique et rayonnant d'un combattant qui a trouvé sa voie.

Un grand déjeuner a été donné en son honneur, après la messe qu'il a célébrée dans la chapelle du collège. La photo date de ce dimanche, comme le confirme le journal de Michel.

Nous étions vingt-six à table. André, que papa avait placé en face de lui, a béni le repas après s'être recueilli quelques instants, les yeux fermés. Personne n'osait s'asseoir. Notre jésuite a heureusement détendu l'atmosphère, un peu plus tard, par une plaisanterie. On a retrouvé ensuite les rires et les cris habituels quand il a lancé : « Maman, je ne devrais pas le dire en ces termes, mais ta molo-kheya *est... divine ! »*

Le cliché a été réalisé sur la terrasse. Le cactus qu'on distingue sur la gauche n'existe plus. Contrairement à ce qu'affirme Dina, la photo n'avait pas été prise par la Mamelouka. Notre célèbre cousine ne signait pas des œuvres aussi banales ! Elle n'aurait pas aligné le groupe sur trois rangs, fait asseoir les enfants par terre au premier plan, ni demandé à toutes les personnes présentes de fixer l'objectif comme s'il leur était interdit de regarder leurs voisins. Du reste, en 1934, Doris Touta, dite la Mamelouka, n'exer-çait plus. Malade peut-être, ou désireuse de cacher ses rides, elle vivait retirée dans sa villa d'Alexandrie. Même le roi Fouad n'avait pas pu la convaincre de venir au palais pour immortaliser son imposante personne et sa moustache en guidon de vélo.

Sur la photo, mon grand-père, Georges bey Batrakani porte bien ses cinquante-quatre ans. Il commence à dominer le marché national du tarbouche, grâce à une opération publicitaire très astucieuse. Le regard malicieux et gourmand, on le sent satisfait, bien assis dans la vie, quoique déçu par ses fils (ne parlons pas des filles, elles ne comptaient pas). Aucun d'eux ne semblait en mesure de lui succéder. André était hors jeu. Paul, qui venait d'épouser une Suissesse, se donnait des airs européens et détestait trop l'Égypte pour y faire carrière. Michel était perdu dans ses lectures et dans ses rêves. Quant à Alex, il avait le goût des affaires, mais le billard, les voitures et les femmes ne lui laissaient pas un instant de liberté.

5

Dina est descendue en robe de chambre, sans maquillage. Cette intimité avec elle, quelques jours par an, dans une aussi grande maison, me procure des émotions rétrospectives. Que n'aurais-je pas donné, adolescent, pour l'apercevoir ainsi, au détour d'un couloir, les pieds nus dans ses mules de soie !

Au petit déjeuner, elle boit du café turc, dans une grande tasse, auquel elle ajoute du lait chaud. Je me suis fait à cette mixture un peu étrange, mais ce que je préfère, c'est la crème épaisse du Caire, cette *echta* qui se marie admirablement avec la confiture de roses ou de dattes. Mahmoud a exhumé, comme chaque matin, des vestiges d'avant-guerre : le confiturier en cristal moulé, le sucrier d'opaline avec son couvercle à bouton, le beurrier garni de glaçons...

Pendant que Dina fait griller des tartines dans un toasteur pansu qui doit dater de lord Cromer, j'ai du mal à me détacher de ses mains parfaites, à peine piquetées de son. Ses ongles sont recouverts d'un vernis discret, presque transparent.

– Le nuage noir est revenu, murmure-t-elle en jetant un regard vers la porte-fenêtre.

Chaque année à l'automne, pendant plusieurs jours, le ciel du Caire s'assombrit. Un brouillard à l'odeur âcre plane au-dessus de la ville, provoquant des picotements dans la gorge et aux yeux.

– On ne connaît toujours pas son origine, soupire Dina. Les uns nous disent que c'est à cause de la paille de riz que les paysans brûlent à cette saison. D'autres, à cause des gaz d'échappement ou de l'incinération sauvage des ordures. Va-t-en savoir ! Ça doit être tout ça à la fois. Quand on voit ce qu'est devenue Hélouan, à quelques kilomètres d'ici…

Dans mon enfance, Hélouan était encore une paisible ville d'eaux qui faisait la sieste à l'ombre des eucalyptus et des palmiers. C'est désormais un énorme complexe sidérurgique dont les cheminées crachent dans le ciel vingt-quatre heures sur vingt-quatre.

– Ils ont soi-disant envoyé des hélicoptères patrouiller au-dessus des champs. Mais les paysans ne sont pas idiots : c'est la nuit qu'ils brûlent la paille. Le mois dernier, à cause du nuage noir, l'imam d'Al-Azhar s'est déclaré incapable de distinguer le croissant de lune qui devait marquer le début du ramadan.

Elle reparle du Hélouan d'antan. Puis d'Alexandrie. De fil en aiguille, nous arrivons à ses fiançailles.

– Avec son physique d'acteur américain et sa moustache blonde, Alex était irrésistible. Une promenade sur la route du désert dans sa décapotable m'avait conquise. Qu'est-ce qu'on peut être bête à cet âge ! L'année suivante, nous étions mariés.

Un coup de téléphone de son amie Laurice interrompt notre conversation.

– Bien sûr que tu me déranges, chérie ! fait Dina. Je suis en train de prendre un café avec mon neveu… Oui, Charles… Oui, le journaliste. Rappelle-moi.

Elles se connaissent depuis la classe de sixième. Au Sacré-Cœur, avec leur amie Magda, elles formaient un trio inséparable.

– On nous appelait les trois mousquetaires. Unies pour le meilleur et pour le pire. Mais le bachot n'a voulu que de Laurice… Il faut dire que cette année-là nous avions la tête en l'air, pleine de désirs confus.

– Dans l'attente du prince charmant ?

– Nous étions obsédées par le mariage, sans vouloir nous l'avouer. Nous débordions d'énergie. Je n'ai jamais été aussi occupée que l'été qui a suivi. À Alexandrie, nous prenions des cours de couture et d'anglais. Nous dévorions des livres, ne rations aucun film américain, au *Strand* ou au *Rialto*. Nous nagions des heures entières à Sidi Bishr, après des parties de raquettes enragées sur la plage.

Elle tient sa tasse de café entre deux doigts, d'un air rêveur.

– C'était assez curieux : les loisirs et les plaisirs mondains alternaient avec des exercices spirituels ou charitables. Mais les deux allaient très bien ensemble, finalement. Au Caire, on suivait avec le même enthousiasme une conférence des Amitiés françaises ou la retraite de carême du Père Zundel. J'entends encore Laurice, la plus sage de nous trois : « Mes chéries, nous entrons en semaine sainte, ce n'est pas le moment de faire les folles. » Je suis tombée amoureuse d'un homme qui avait deux fois mon âge. Il faut dire qu'Alex était beau, insouciant, et surtout très drôle.

Laurice et Magda pleuraient de rire quand il racontait la réception annuelle chez ses cousins d'Alexandrie, tous affublés de prénoms pharaoniques.

L'annonce du mariage d'Alex, en 1948, étonna et – pour des raisons diverses – ravit toute la famille. On se demandait ce que lui trouvait cette Dina Karam, sensiblement plus jeune que lui. Et jolie, en plus !

L'année précédente, devant des témoins, le Père André (comme l'appelleraient tous ses neveux et petits-neveux) avait manifesté son impatience :

– Tu as déjà trente-six ans, Alex, fit-il d'un ton de reproche. Il est temps que tu fondes un foyer.

Pensait-il vraiment, notre jésuite, que les liens sacrés du mariage mettraient fin aux frasques du plus jeune de ses frères ? Georges bey, lui, s'était arrêté, comme d'habitude, à l'essentiel : le père Karam avait fait beaucoup d'argent dans la revente de matériel militaire anglais après la guerre. Par ailleurs, il n'était sans doute pas mécontent de voir le fiancé quitter la maison. Les retours d'Alex au petit matin, après des virées à *L'Auberge des Pyramides* ou dans un club de poker, l'insupportaient de plus en plus.

Viviane, ma mère, et sa sœur Lola jugeaient Dina assez sévèrement. Elles reprochaient à leur future belle-sœur « des caprices de fille unique ». La fiancée n'avait voulu porter ni bague ni alliance. À quoi rimait cette fantaisie, sinon le désir de se distinguer ?

– Alex a besoin de quelqu'un qui lui mette du plomb dans la tête, disait maman. Ce n'est pas cette enfant gâtée qui va le rendre adulte.

À la fin des années 1940, Dina était l'une des rares femmes du Caire à conduire une auto. Au volant de la décapotable bleue de son mari, cheveux au vent, elle attirait tous les regards. Le reproche était arrivé aux oreilles de notre oncle jésuite, qui n'y avait vu qu'un péché véniel et montrait d'autres préoccupations : ayant beaucoup milité en faveur du mariage d'Alex, il attendait maintenant que le couple croisse et multiplie. Or, les années passaient, et rien ne venait.

6

Après le petit déjeuner avec Dina, je me suis rendu à pied jusqu'à l'Institut français d'archéologie orientale pour aller saluer Yassa qui y occupe la précieuse fonction d'homme à tout faire.

L'ex-palais de la princesse Mounira est un havre de paix, avec son jardin bien entretenu, planté de palmiers royaux et de banians géants. Plus d'une fois, j'ai emprunté l'escalier d'honneur sous la grande verrière pour accéder au saint des saints, la fameuse bibliothèque aux quatre-vingt mille volumes. J'aime déambuler, nez en l'air, dans cette enfilade de pièces tapissées de trésors. Sans compter les archives… Si un jour je devais vraiment faire une recherche sur Bernard Bruyère, c'est naturellement ici que je viendrais.

La réceptionniste a téléphoné à Yassa pour lui annoncer ma présence.

– C'est un plaisir de te voir une deuxième fois cette année ! me dit-il en m'embrassant. J'espère que tu prendras la bonne habitude de venir plus souvent en Égypte.

Il ne m'interroge heureusement pas sur la raison de

mon voyage. Si je lui avais parlé d'une recherche à l'Ifao, il aurait regretté de devoir se rendre après-demain à l'oasis pour la nouvelle saison de fouilles. Et, avant de partir, il m'aurait recommandé au conservateur, à l'archiviste, au magasinier, au portier, au jardinier... Il est ravi de la jumelle d'observation que je lui ai achetée à Paris.

Il y a cinq ans, alors que j'avais rendez-vous avec un égyptologue à l'Ifao, Dina m'avait averti :

– Tu verras certainement Yassa. Le dernier chauffeur de ton grand-père...

C'est un septuagénaire chauve et trapu qui était venu à ma rencontre, avec une formule de bienvenue :

– *Ahlan we sahlan !* Nous sommes si fiers de vous.

J'avais répondu par une banalité, me demandant si c'était bien lui. Je me souvenais d'un homme plus grand, plus mince.

« Nous sommes si fiers de vous »... Ce n'était tout de même par un « nous » de majesté. De qui parlait-il ? Des anciens employés de Georges bey Batrakani ? Des personnels de l'égyptologie française ? Ou de soixante-dix millions d'Égyptiens, subjugués par un natif du Caire qui s'était fait un tout petit nom à Paris ?

Moi, j'étais devant lui comme l'enfant des années 1950, impressionné par l'homme qui avait le pouvoir de faire ronfler le moteur de la Studebaker ou de la Chevrolet Bel Air. Très vite heureusement, grâce à quelques échanges en arabe, le tutoiement s'est imposé entre nous et il m'a raconté sa première embauche.

– J'avais tout juste vingt-cinq ans. On m'avait recommandé auprès de Georges bey – paix à son âme ! L'usine de tarbouches avait été fermée deux ans plus tôt, mais ton grand-père conservait la représentation de plusieurs grandes marques étrangères, sa deuxième activité. Son bureau de l'avenue de l'Opéra était orné d'un petit portrait de Nasser. Ou peut-être de Naguib, je ne sais plus. En face, il y avait le tableau d'un peintre célèbre dont je n'ai jamais pu retenir le nom. Georges bey avait un cigare aux lèvres. Il m'a posé quelques questions. Puis, subitement, entre deux volutes de fumée : « Je t'engage comme chauffeur. Tu remplaceras Osta Ahmed qui va devoir s'arrêter parce que ses yeux le trahissent. » J'étais surpris et affolé : « Mais je ne sais pas conduire, *ya bey* ! » Crois-moi si tu veux, ton grand-père n'a pas hésité plus de trois secondes : « *Maalech*, a-t-il dit, ce n'est pas grave. Aucun chauffeur ne savait conduire dans le ventre de sa mère. Ils ont tous appris un jour. Je vais dire à mon fils Alex, qui est un as du volant – et qui ne sait d'ailleurs rien faire d'autre – de te donner des leçons. »

Par la suite, Georges bey devait confier bien des choses à son chauffeur. Mais pourquoi cette remarque ce jour-là ? Pourquoi cette appréciation si cruelle, et d'ailleurs si juste, sur son plus jeune fils ? Yassa confond sans doute avec un entretien ultérieur.

15 juin 1954
Le remplacement d'Osta Ahmed n'inquiète plus papa. Il lui a trouvé un remplaçant. Le nouveau chauffeur sera un jeune copte, que lui a chaudement

recommandé son ami Makram. Sauf en politique, où ils ne sont jamais d'accord, papa fait une confiance aveugle à Makram. Le chauffeur en question n'a qu'un seul inconvénient : il ne sait pas conduire. Cela inquiète maman, on se demande pourquoi... Mais il paraît qu'Alex a pris les choses en main. Comme professeur de conduite, on ne fait pas mieux. Donnera-t-il aussi des leçons de billard au nouveau chauffeur ?

– Monsieur Alex conduisait bien, mais vite, beaucoup trop vite, Dieu lui pardonne ! m'a dit Yassa. Deux fois au moins, dans le désert entre Alexandrie et Le Caire, sa voiture a quitté la route, et il a failli y passer. « Comment ai-je pu engendrer un oiseau de cette espèce ? » criait Georges bey dans ses moments de colère. Même en me donnant des leçons de conduite, ton oncle, paix à son âme ! prenait des risques incroyables. Je sens encore le poids de sa chaussure, qui me forçait à appuyer sur l'accélérateur. « *Yalla, yalla*, bouge ton cul ! Dépasse-moi ce camion. Tu veux devenir chauffeur ou charretier ? » Et ce n'était pas une voiture banale : je suis probablement le seul, dans toute l'Égypte, à avoir appris à conduire en 1954 sur une Aston Martin décapotable.

Après avoir quitté Yassa, je suis retourné à la maison pour m'assurer que Dina n'avait besoin de rien. J'aime marcher dans les rues du Caire, un peu au hasard, avec le sentiment agréable de me fondre dans la foule et de passer inaperçu. J'ai longé le mur d'une école primaire, pas très loin de l'Ifao. Des centaines d'enfants jouaient dans la cour de récréation. En fermant les yeux, je me serais cru dans n'importe quelle ville d'Europe : mêmes piaillements, mêmes intonations. Toutes les langues du monde se confondent quand des enfants crient de joie.

Un peu plus loin, des ruelles sans trottoir étaient parsemées de tas de détritus. Un marchand ambulant, muni d'une louche, versait des fèves fumantes dans les casseroles que lui tendaient des femmes volumineuses, à demi-voilées, aux visages durs, presque masculins. Un cri m'a incité à m'écarter brusquement pour ne pas être renversé par une charrette.

Dans la rue Qasr el-Aini, des véhicules de tous calibres, avançant dans le plus grand désordre, vomissaient une fumée grise. Tantôt, un moteur plus puissant que les autres prenait le dessus. On l'entendait vrombir puis disparaître, relayé par une infinité de klaxons : un simple coup, deux coups, parfois plusieurs notes insistantes et inutiles. Ce vacarme, cette cohue, ces relents d'essence et de friture… Le Caire, grouillant et déglingué, flottait dans un nuage de poussière.

Des traînées de rouille effacent en partie la plaque de métal portant la mention « Villa Chams ». Aucun nom n'était prévu à l'origine, mais le portail en fer forgé avait en son milieu un cercle vers lequel convergeaient des rayons. Cela ressemblait à un soleil, un *chams*. Le facteur de l'époque appelait la maison « Villa Chams ». Ce surnom ne déplut pas à mon grand-père, qui finit par l'adopter et le faire graver en deux langues. Georges bey se donna même du papier à lettres avec cet en-tête. Dans l'un des cahiers de

Michel, un bristol oublié, datant de 1946, indique :
« Georges bey Batrakani et son épouse seraient heureux de vous accueillir pour une réception à la Villa Chams… » Mais le temps a fait son œuvre, avec une délicate ironie. La rouille a mangé la dernière lettre du mot arabe : on lit aujourd'hui « Cham » qui signifie Levant, Syrie. Les passants lisent « Villa Cham ». Les portiers des environs disent « la villa des Chawam ». Chawam : n'est-ce pas ainsi qu'on a toujours désigné en Égypte les membres de notre communauté ?

Devant le perron, un petit palmier famélique, couvert de poussière, résiste vaillamment. Par mesure d'économie, Dina n'a pas remplacé le jardinier défunt. Mahmoud arrose une fois par jour et donne à manger aux poules et aux oies qui s'égaillent sous l'ancienne pergola.

– Non, chéri, je n'ai besoin de rien. Tout est en train de se préparer à la cuisine. Dis-moi seulement quels archéologues seront présents ce soir.

Dina a toujours une bonne raison d'élargir le cercle de ses convives. Apprenant que je venais au Caire, elle en a profité pour demander à José Josselin, surnommé J&J, qui est un habitué de ses réceptions, d'inviter les membres de son équipe avec lesquels j'ai passé deux semaines en février dernier à l'oasis de Dakhla.

La plupart des Français de la mission archéologique seront là. Il n'est pas sûr, en revanche, que les Égyptiens viendront. Notre société cosmopolite doit leur paraître bien étrangère. L'ont-il jamais approchée ? Lors de mon séjour à Dakhla, j'ai bien senti que je les désorientais. À mes questions en arabe, ils répondaient en français, comme pour marquer ma différence. La manière même dont les autres me traitaient – les égards de Josselin, l'affection de Yassa – n'ont sans doute fait qu'accroître leur méfiance. Ils préfèrent avoir affaire à un étranger plutôt qu'à un demi-Égyptien de mon genre.

Pourtant, avoir du sang Touta dans les veines par ma grand-mère maternelle me donne un incontestable brevet d'égyptianité. Notre ancêtre, Antoun Touta, originaire de Syrie, s'était installé sur les bords du Nil dès 1740, comme l'a raconté Michel dans *Les Cahiers d'histoire égyptienne*. Ce négociant, affligé d'un pied-bot, était lié à des navigateurs français qui venaient acheter du riz en Égypte et écoulaient en sous-main des tissus et des vêtements. Antoun le Boiteux n'a pas tardé à occuper la fonction très recherchée de Grand Douanier de la ville de Rosette. Autant dire que deux siècles plus tard nous n'étions pas moins égyptiens qu'une bonne partie de la classe dirigeante, d'origine turque. Mais on nous appelait toujours les « Syriens », devenus les « Syro-Libanais » après la création de deux États dans les années 1920.

L'un des frères de ma grand-mère, Edmond Touta, était un pilier du folklore familial. Il figure sur la photo de famille de l'entrée, avec son air ahuri, ses yeux globuleux, sa grosse moustache et sa lavallière de travers. Il était obsédé par la croissance démographique en Égypte, à une époque où les courbes se montraient encore très raisonnables. Chaque nouvelle naissance lui crevait le cœur. Alex se plaisait à le tourmenter en inventant des histoires :

– As-tu entendu parler, Oncle Edmond, de cette habitante d'Assiout qui vient d'accoucher de son dix-neuvième enfant ?

Le bonhomme le regardait, sidéré, tandis que tout le monde riait sous cape.

Ne faisant aucune confiance aux statistiques officielles, Edmond Touta se postait sur le pont Qasr el-Nil, chaque année à la même date, équipé d'un crayon et d'un calepin, pour compter le nombre des passants. Puis, de retour chez lui, par des calculs compliqués qui l'occupaient des journées entières, il établissait la taille exacte de la communauté nationale.

– À combien en sommes-nous, Oncle Edmond ? demandait Alex.

– À vingt-neuf millions deux cent cinquante mille ! Vingt-neuf millions d'habitants, tu te rends compte ! Trois fois plus qu'en 1900. C'est affolant, non ?

– Il faudrait faire quelque chose, Oncle Edmond.

– Oui, oui, bien sûr, mais quoi ? s'interrogeait le démographe en s'essuyant le front avec un grand mouchoir à carreaux.

Notre grand-mère Yolande Batrakani, née Touta, nous tenait à chaque printemps le même discours :

– En avril, ne te découvre pas d'un fil ; en mai, fais ce qu'il te plaît.

Éduquée par des religieuses françaises, elle se trompait de latitude : dès le mois de mars, démentant ce dicton importé, nous barbotions dans la piscine en plein air du Sporting Club d'Héliopolis.

La France avait su nous faire épouser sa langue et sa culture, parfois jusqu'à l'absurde. Elle passait pour la protectrice naturelle des catholiques du Moyen-Orient. C'était encore plus vrai pour des nomades comme nous, originaires d'Alep, de Damas ou de la montagne libanaise et atterris sur les bords du Nil après des stations à Beyrouth ou à Saïda.

Quand Georges bey mettait son plus beau tarbouche pour aller à une réception à l'ambassade de France, il disait « Je vais à l'Ambassade », comme s'il n'y avait aucune autre représentation diplomatique au Caire. Jeune homme, mon grand-père briguait le statut, alors très recherché, de protégé français. La question ne se poserait plus après sa nomination comme bey de première classe, en 1926 : il ferait désormais partie des notables d'une Égypte cosmopolite, ouverte aux minorités et tournée vers l'Occident. Une douzaine d'années plus tard, son usine fonctionnerait à plein régime : il deviendrait le roi du tarbouche, après avoir vaincu « Sémodichek ».

– Moi, je ne produis pas des boîtes de conserve ou des savonnettes ! disait Georges bey. Je fabrique un objet emblématique, un objet sacré.

Le tarbouche était beaucoup plus qu'un couvre-chef. Ce fez de feutre rouge incarnait l'Égypte et réunissait les classes sociales, puisque tous les hommes le portaient, du plus petit fonctionnaire jusqu'au roi. Même les hauts responsables britanniques des forces d'occupation l'avaient adopté pour se donner une couleur locale.

Au lendemain de la Seconde Guerre mondiale, Georges bey Batrakani était au faîte de sa puissance.

Papa a fêté hier soir le vingtième anniversaire de sa beytification. Cela lui vaut une photo dans Le Journal d'Égypte, Le Progrès égyptien *et* Al-Ahram. *« Vous ne méritiez pas seulement le titre de bey, mais celui de pacha », lui a dit notre patriarche, venu faire une brève apparition au début de la soirée, en compagnie d'André.*

Devant la maison, le jardin était éclairé par une double rangée de torches. Les domestiques, en gal-labeya blanche et ceinture rouge, arboraient les plus beaux tarbouches Batrakani.

Au cours de la soirée, on a vu passer trois ministres en exercice et une bonne douzaine de parlementaires. Il a fallu employer toutes sortes de ruses pour empêcher l'oncle Edmond de les approcher.

Après quelques mots de l'ambassadeur de France, le président de la Cour de cassation a porté un toast « à celui qui nous coiffe ». Un message de félicitations du Palais, arrivé à neuf heures du soir, a été la cerise sur le gâteau.

À propos de gâteau, la pièce géante de chez Groppi a fait sensation. Un tarbouche en sucre rose devait y être posé. Au dernier moment, heureusement, on a renoncé à cette décoration ridicule.

7

La porte-fenêtre du deuxième salon ferme toujours aussi mal. Je l'avais pourtant signalé à Dina lors de mon précédent séjour au Caire. Mais il faut reconnaître que, dans l'ensemble, la villa se maintient assez bien. En 1929, Georges bey n'avait pas lésiné sur les matériaux. Comme dit maman, en ce temps-là, on construisait avec soin et la main-d'œuvre était pour rien.

Outre la porte-fenêtre du deuxième salon, il faudrait réparer les fissures dans le hall d'entrée. Sans compter cette chasse d'eau dont la chaîne va finir par céder. Et la vieille serrure… J'ai failli rester coincé dans les toilettes du rez-de-chaussée hier soir. Mais cette villa doit être un gouffre et Dina n'est pas Crésus, même si elle a conservé une partie de sa fortune. Dispersés aux quatre coins du monde, les membres de la famille sont mal placés pour lui donner des leçons d'entretien. Surtout en ce moment…

Tout à l'heure, j'étais sur le point de révéler à Yassa la vraie raison de mon voyage. J'avais besoin de partager ce secret avec quelqu'un. Je ne sais pas ce qui m'a retenu. Peut-être le fait qu'il sera présent ce soir à la réception de Dina.

La plupart des membres de la famille ne sont jamais revenus en Égypte : craignant d'être déçus, ils préfèrent « mourir avec de beaux souvenirs ». L'aventure du cousin Antoine Touta est dans tous les esprits. On ne se lasse pas de la raconter, avec diverses variantes :

– Nino avait quitté l'Égypte avant tout le monde, en 1950, pour s'installer au Brésil, où il s'est fait une jolie situation. Trente ans plus tard, il décide de revoir les lieux de son enfance. Il réserve une chambre au *Hilton* du Caire, une autre au *Cecil* d'Alexandrie. L'avion atterrit, et Nino ne reconnaît plus rien : il en était resté, le pauvre, au petit aérodrome d'Almaza ! Dans le taxi qui le conduit en ville, il ouvre des yeux horrifiés. Il est pris dans un embouteillage monstre à la hauteur de Bab el-Hadid. Toute cette foule, ce bruit, ces immeubles en loques, noircis de suie... Nino ne va même pas jusqu'à son hôtel : il demande au taxi de rebrousser chemin et repart pour Rio par le premier avion.

Dina conteste cette version :

– C'est ridicule. Nino est venu me rendre visite, nous avons pris le thé sur la terrasse. Il était assis là, en face de moi, sur le même fauteuil que toi. Je l'ai tout de suite reconnu à ses taches de rousseur. C'était un beau gosse dans le temps... Oui, bien sûr, Le Caire l'a énormément déçu. Il a choisi d'écourter son voyage, sans aller à Alexandrie. Il faut dire qu'il se faisait une telle joie de revoir Agami, avec la plage au bout des champs de figuiers ! Quand je lui ai dit que les figuiers étaient devenus des tours de béton, il a préféré rentrer à Rio.

Je me demande comment fait Dina pour vivre seule dans cette grande maison. Dieu sait si à l'époque c'était une maison animée, avec des allées et venues, des domestiques, des fournisseurs, des téléphones qui sonnaient ! Et ces déjeuners dominicaux à vingt, à trente, avec des vociférations et des éclats de rire interminables.

Ici, à Garden City, mes grands-parents maternels n'étaient séparés du Nil que par deux ou trois villas ombragées. Mes parents, eux, avaient choisi d'habiter à Héliopolis, la cité bâtie à une vingtaine de kilomètres du Caire, en plein désert. Un nom magique, comme Alexandrie. Lors de sa création, en 1905, il n'y avait presque aucune trace de l'Héliopolis de l'Antiquité. Et pas un palmier. Un Belge, le baron Empain, voulait y créer une oasis au milieu des sables et la relier au Caire par un tramway. Petit entre-preneur dans le bâtiment, mon grand-père paternel, Khalil Yared, s'était pris de passion pour cette ville-jardin, alliant une allure européenne à des formes orientales : des balcons de pierre, des arcades, des cou-poles, des minarets… Khalil était mort trop tôt pour y construire la villa dont il rêvait, mais Sélim, son fils, réaliserait ce rêve des années plus tard.

Cette ville à l'architecture métisse avait attiré, presque naturellement, une population cosmopolite. Les mosquées et la synagogue se mêlaient aux églises de tous les rites. L'épicier était grec, le photographe arménien, le pâtissier suisse, le bijoutier maltais, le repasseur venait du Delta et le marchand de fèves de Haute-Égypte… Nous nous fournissions en papeterie dans un magasin qui s'appelait *Aux cent mille articles*, une enseigne ambitieuse qui semblait réunir toutes nos particularités.

Héliopolis était une petite Alexandrie. Non pas au bord de la mer comme sa grande sœur, mais dans le désert. Et nous, qui passions l'hiver à Héliopolis et l'été à Alexandrie, nous étions en quelque sorte cosmopolites à plein temps.

Dans cette banlieue à la fois paisible et joyeuse, il régnait un air permanent de vacances. Les rendez-vous dominicaux, au sortir de la messe, étaient une fête. Garçons et filles n'en finissaient pas de tomber en amour, comme disent mes petits-cousins québécois. Au printemps, la ville-jardin s'épanouissait à la manière d'une immense fleur. Les cinémas en plein air ne tardaient pas à rouvrir leurs portes. Et les soirées d'été, bercées d'un petit vent tiède, s'étiraient délicieusement.

Le Caire, c'était autre chose. On « descendait en ville » quand il le fallait, pour y étudier, travailler, faire des visites familiales ou des achats. La maison de mes grands-parents échappait aux fumées et au bruit, mais ce n'était pas Héliopolis. Même l'eau, puisée dans le Nil, y avait un goût différent. Je retrouve aujourd'hui son odeur sucrée chaque fois que j'ouvre un robinet dans la petite salle de bains de Michel.

Pour nous, les enfants, cette maison était identifiée aux déjeuners dominicaux, comme Alexandrie se confondait avec les grandes vacances d'été. Il ne pouvait pas pleuvoir à Alexandrie, et à Garden City c'était toujours dimanche.

Nous arrivions d'Héliopolis après la messe, propres et pomponnés, dans le sillage de nos parents. Chacun redoutait la question que Georges bey ne manquerait pas de lui poser :

– Et tes notes ? Tu as eu de bonnes notes, j'espère ?

On répondait oui, rapidement, un oui déjà couvert par l'arrivée bruyante des autres membres de la famille. Laissant les adultes à leur arak et leurs mezzés, nous filions au jardin tacher nos vêtements blancs. Nous étions une douzaine de cousins et cousines, sans compter les fils aînés de Paul, trop âgés pour nos jeux, qui faisaient généralement une partie de billard avec l'oncle Alex.

Les balançoires, dont ne subsiste aujourd'hui que le portique rouillé, s'élançaient toujours plus haut, frôlant les branches de l'eucalyptus. Pour la partie de « soldats-voleurs », on courait autour du pigeonnier et du garage où stationnait, toute luisante, la dernière merveille de Georges bey, Ford, Chrysler ou Chevrolet. Il était interdit d'y pénétrer. L'un de nous devait faire le guet tandis que les autres se lovaient dans les sièges.

De sa voix chantante, la tante Lola rameutait les troupes :

– À table ! La *molokheya* n'attend pas.

Georges bey avait déjà pris sa place. En face de lui, le Père André, soutane noire en hiver, blanche en été, les mains jointes et les yeux mi-clos, obtenait un moment de silence pour demander au Seigneur de nous bénir, de bénir ce repas et ceux qui l'avaient préparé. On se signait, puis le flot de paroles, de rires et de cris reprenait de plus belle, à la table des grands comme à celle des petits.

Le rituel de la *molokheya* commençait. En attendant les soupières, chacun formait un monticule de riz dans son assiette creuse. Il y faisait un trou, au sommet, pour y déposer une ou deux cuillérées d'oignons hachés au vinaigre. Ensuite, nos routes se séparaient. Les enfants de Lola versaient d'abord la soupe fumante aux parfums d'ail et de coriandre. Nous, les Yared, nous n'aurions à aucun prix accueilli la *molokheya* sans avoir garni au préalable notre assiette des autres ingrédients : morceaux de viande ou de poulet et lamelles de pain sec grillé. C'étaient deux écoles inconciliables.

La table des adultes s'agitait autant que la nôtre. En deux ou trois langues, et même en latin grâce à notre grand-oncle Henri Touta, le frère du démographe. Cet ancien élève des jésuites ne se séparait jamais d'une canne à pommeau d'argent. Il avait la manie de truffer ses propos d'expressions latines, ce qui agaçait souverainement son beau-frère, Georges Batrakani. Consul d'une petite république d'Amérique centrale, Henri Touta bénéficiait d'un titre de comte que le Vatican lui avait octroyé, Dieu sait pourquoi.

– Comte de mes fesses ! murmurait régulièrement Georges bey.

À la troisième tournée de *molokheya*, le comte Henri déclarait forfait :

– C'est délicieux, Yola, mais *non possumus* !

Après le déjeuner, nous jouions au ping-pong ou au Monopoly dans l'entresol. C'est là que Michel rangeait son *Larousse du XXᵉ siècle* en six volumes, édition 1932. Je ne me lassais pas de regarder les pages en couleurs consacrées aux drapeaux de tous les pays. Il y en avait de magnifiques, mais celui de la France m'éblouissait, malgré la banalité de ses bandes bleue, blanche et rouge. Pas de doute : le concours de beauté était biaisé, sous l'influence déterminante de nos lectures et de l'enseignement que nous recevions. Dans cette Égypte qui avait été occupée pendant des décennies par la Grande-Bretagne, c'est la France qui avait admirablement colonisé nos esprits et nos cœurs. Victimes consentantes, nous en redemandions.

Le spleen commençait vers cinq heures, quand le soleil déclinait. Le lundi matin approchait dangereusement. Le Père André avait déjà regagné le collège aux couloirs sombres, que les plus grands d'entre nous retrouveraient le lendemain à la première heure. Mais le petit collège, que je fréquentais encore, n'était pas plus attirant.

– Allons, les enfants, il est temps de partir !

La perspective de rentrer en classe nous nouait l'estomac. On rêvait déjà au week-end suivant, qui semblait bien loin.

Un dimanche soir, notre Simca Aronde refusa de redémarrer, même à la manivelle. Papa commençait à s'énerver.

– Laisse ton auto ici Sélim, on la soignera demain, dit Georges bey à son gendre. Yassa va vous raccompagner avec la Buick.

– Ce n'est pas la peine, cria Alex du perron. Je dois faire un saut à Héliopolis. Je les emmène.

Mes frères et moi, ravis, réussîmes à nous caser à l'arrière du coupé, avec maman. Assis près de son beau-frère, papa avait sa tête des mauvais jours. Alex enfila ses gants de conduite et ajusta le rétroviseur. Pendant deux ou trois secondes, il donna l'impression de se concentrer. Puis, d'un coup sec, il démarra, passa la première et partit en trombe. On volait. N'arrêtant pas de changer de vitesse, rétrogradant dans les virages, le pilote faisait rugir son moteur.

– Alex, tu me fais peur, il y a les enfants ! protesta maman à deux reprises.

Mais ses appels étaient noyés dans les vrombissements de la machine. Nous dépassions tout ce qui se présentait. De temps en temps, un bref coup de klaxon obligeait un traînard à serrer sur sa droite. Je regardai danser l'aiguille du cadran, qui frôlait par moments le chiffre 100. Notre bolide ne fit qu'une bouchée de l'avenue Ramsès. Quelques minutes plus tard, nous passions déjà devant Dar el-Chifa. Alex accéléra encore jusqu'à l'entrée d'Héliopolis. Laissant sur la droite les lumières du Sporting, puis à gauche celles des cinémas *Palace* et *Normandy*, il slaloma dans les rues désertes pour nous conduire jusqu'à la villa.

Je débordais d'admiration. Papa, lui, était blême. Quand Fangio repartit sur les chapeaux de roues, je l'entendis murmurer à maman :

– Il n'y a plus de doute : ton frère est vraiment un abruti.

8

Dina attend au moins une cinquantaine de personnes ce soir. Comme j'insistais pour faire quelque chose, elle m'a demandé de ranger les livres de l'entrée. La semaine dernière Mahmoud s'est lancé dans un grand nettoyage de la bibliothèque, et a mélangé tous les volumes. Mais quel ordre adopter ? Dans ces piles, on trouve pêle-mêle des récits de voyages, des encyclopédies sur les plantes ou les animaux et des succès des années 1930 ou 1940 – des Maurois, des Somerset Maugham…

12 janvier 1937
Papa a décidé de réaménager le hall d'entrée de la maison. Il s'est fait livrer une horloge à coucou, assez imposante, de fabrication viennoise. Soucieux d'avoir des livres pour le décor, il m'a dit en avoir commandé par souscription une quarantaine en France, qu'il fera relier à Choubra. Il ne se souvient plus des titres. Je m'attends au pire.

Dina n'ayant plus besoin de moi, je suis ressorti. Rue Qasr el-Aini, j'ai hélé un taxi pour me faire déposer du côté de la gare centrale, à Faggala, non loin du collège des jésuites.

J'aime Faggala, ses rues paisibles et ses trottoirs défoncés. Des arbres centenaires, de petites boutiques, des églises. Pas mal de femmes sans voile. Le quartier n'a guère changé depuis mon adolescence. Le collège, en tout cas, est immuable : ses bâtiments n'ont pas pris une ride. C'est une oasis dans une ville chaotique, une balise, un repère dans une Égypte qui ne cesse de changer. L'oncle André occupait une grande chambre encombrée de livres, à l'étage des Pères. Un lit en fer, une simple table, deux chaises, un lavabo… Il y a vécu jusqu'à son dernier souffle.

Yassa doit habiter dans l'un de ces vieux immeubles, assez bas, couverts de suie. J'ai du mal à imaginer l'Égypte sans lui. Les Français le considèrent comme un intermédiaire. Pour moi, il est un trait d'union. Grâce à lui, je peux relier un peu mieux l'enfant d'hier et le Janus que je suis devenu. Je dois lui apparaître bien flou. Ni vraiment d'ici, ni tout à fait de là-bas.

– Finalement, *habibi*, m'a-t-il dit tout à l'heure, tu as vécu beaucoup plus de temps en Europe qu'en Égypte.

C'est vrai. À mesure que les années passent, la balance penche de plus en plus vers le Couchant. Mais certains éblouissements de l'enfance comptent double ou triple. Rien n'égalera l'euphorie des petits matins dans la palmeraie de Marsa-Matrouh, la course jusqu'à la plage, le premier plongeon dans l'eau turquoise…

Quelque chose s'est brisé quand j'ai quitté ce pays. Les sensations ont laissé place à la réflexion. Paris est devenu pour moi le centre du monde, alors que mon centre de gravité physique, climatique, se trouve plus au sud, en Méditerranée. Si je reviens ici, n'est-ce pas pour tenter de renouer avec une certaine ferveur ? Les départs en vacances, le parfum des algues, les murmures des branches de palmier, une silhouette guettée et entrevue…

Aujourd'hui, avec l'Égypte, je suis comme un adolescent devant une femme attirante, mystérieuse et qui fait peur.

– Tu as retrouvé la mère patrie, m'a dit Josselin.

La mère, oui. La douceur du climat, la gentillesse et l'humour des gens. Mais le père est toujours aussi inquiétant, avec ses uniformes, ses censures et ses prisons où l'on torture. Incarné par un douanier soupçonneux, il surveille l'entrée et la sortie.

Quel passeport présenter en premier ? L'égyptien ou le français ? Dans les deux cas, il y aura défiance et sourde réprobation. Les Occidentaux qui passent le contrôle d'un cœur léger en baragouinant deux mots d'arabe ne connaissent pas leur bonheur. Tout le drame du binational resurgit à la frontière, devant un guichet. Le douanier pose des questions simples, auxquelles il faut répondre par oui ou par non, alors qu'elles exigeraient trois cents pages d'explications, complétées par des notes et des annexes.

Et que dire du trinational ? Un certain nombre d'entre nous ont un troisième passeport, sagement rangé dans un tiroir pour ne pas compliquer davantage les choses.

Peur d'entrer en Égypte, peur de ne pouvoir en sortir. Peur de minoritaire en pays musulman, qui remonte très loin dans le temps. Voilà des siècles que nous tremblons. C'est ce qui explique nos échecs et sans doute la plupart de nos succès. Les fanfarons et les matamores de mon enfance ne font plus illusion. Nous avons été façonnés par la peur, et marqués par elle à tout jamais.

Je dis « nous ». De quel droit ? Si mon oncle André était encore de ce monde, il en serait profondément choqué. Il était trop ancré en Égypte, trop occupé à y agir, pour éprouver de tels sentiments. Dina non plus ne dirait pas comme moi. Rien, chez elle, ne semble relever de la peur.

Yassa peut-il comprendre ? Lui, le copte, il appartient à une minorité nombreuse et nationale. Il est égyptien à deux cents pour cent, même si l'islamisation galopante a toutes les raisons de l'inquiéter.

À moins que mes craintes ne soient que des désirs interdits. Une tentative de revivre intensément… N'aurais-je pas envie, au fond, d'être retenu en Égypte quelque temps ? Je me surprends parfois à rêver d'un séjour obligé dans un hôpital de province, du côté de Damanhour ou de Mansoura : une chambre à la fenêtre ouverte sur les bruits et les parfums du dehors, avec des infirmières nonchalantes et maternelles, traînant leurs savates d'une salle à l'autre. Dommage que les hôpitaux égyptiens soient si dangereux pour la santé !

De séjour en séjour, j'apprivoise la peur. Je ne cesse de m'approcher du feu, comme si celui-ci pouvait me donner l'élan qui me manque. Parmi ceux qui me tiennent la main – pour m'encourager à aller de l'avant ou pour me préserver des flammes –, Yassa occupe désormais la première place.

Trop fatigué pour rentrer à pied jusqu'à la maison, je me suis résigné à reprendre un taxi. Un embouteillage près de l'Ezbekeya m'a permis de choisir mon véhicule. J'ai repéré un vieux chauffeur à la tête rassurante et à la Fiat poussive. Je me suis installé à la place du mort.

Nous roulons au pas jusqu'à la place Talaat Harb qui reste pour moi la place Soliman pacha. Je n'aime la circulation au Caire que lorsqu'elle s'immobilise, et admire alors la patience et la résignation des gens. Je ne suis pas de ces touristes qui s'émerveillent devant l'agilité avec laquelle les véhicules se faufilent, s'évitent les uns les autres, ponctuant leurs slaloms de petits coups de klaxon.

À l'approche de Midan el-Tahrir, le taxi roule de nouveau très lentement. Soudain, un autobus à notre gauche nous prend en écharpe. J'entends un bruit de tôle froissée, broyée, tandis que le vieux chauffeur crie de plus en plus fort :

– *Alla, alla, alla…*

Pendant quelques secondes interminables, la partie avant-gauche de la Fiat a craqué et gémi ; c'était comme une destruction lente, méthodique, implacable.

Le chauffeur du bus, qui s'est enfin aperçu de l'accrochage, a stoppé son véhicule pour en descendre. Il est jeune et la fureur se lit sur son visage. Des passagers l'ont suivi. Deux *chaouiches* s'approchent d'un air las, presque en badauds. Heureusement indemne, mon vieux chauffeur hurle sa colère. L'autre se met à crier aussi fort que lui.

Je sors du véhicule. Mon premier réflexe est de m'en aller. Si je dois témoigner – mais de quoi ? Je n'ai pas vu grand-chose –, les mots vont me manquer. De toute façon, je ne tiens à mettre en cause ni le jeune homme, qui perdrait peut-être son emploi, ni le vieillard, qui me murmure des excuses alors qu'il vient d'assister à la destruction de son outil de travail.

Je m'éloigne, mal à l'aise. L'image de Yassa surgit dans mon esprit. Brusquement, je fais demi-tour, me fraie un passage parmi la foule et joue des coudes pour arriver jusqu'aux protagonistes. Tout le monde parle en même temps.

– J'étais dans le taxi, dis-je d'une voix aussi forte que possible. Ce n'est pas vrai que la voiture a coupé la route à l'autobus.

Personne n'a l'air de m'entendre. Je répète, j'insiste. Ça finit par amuser un monsieur entre deux âges qui m'invite à me calmer. Dans le bus, des passagers impatients de repartir, actionnent le klaxon. Le chauffeur regagne son véhicule en me lançant un regard méprisant. Les deux *chaouiches*, que mon témoignage n'a apparemment pas bouleversés, s'éloignent déjà. Il ne me reste plus qu'à prendre à part mon vieux chauffeur et à lui glisser quelques billets.

9

– Tu as vu ? me dit Dina : le nuage noir s'est dissipé. Il reviendra peut-être demain… Pour ce midi, je n'ai rien prévu. On déjeune à la bonne franquette.

Mahmoud a disposé des mezzés sur la petite table de la terrasse. Il aurait pu se contenter d'un seul couvert : le fume-cigarette à portée de la main, ma tante ne mange rien. Pour avoir gardé cette ligne, j'imagine qu'elle se surveille beaucoup.

L'heure du déjeuner… Leurs trois dernières années en Égypte, Alex et Dina les ont passées à Héliopolis, non loin de chez nous. Ils occupaient un appartement au dernier étage d'un immeuble neuf, dont le balcon principal avait une vue imprenable sur les jardins du Sporting Club, où ils pouvaient se rendre à pied.

À cette époque, Dina m'obsédait de plus en plus. Je l'imaginais en train de lire sur sa terrasse, sur une chaise longue, à moitié nue… J'avais appris qu'elle jouait au squash le mardi et le jeudi, à treize heures. C'était le moment où je rentrais en métro à la maison, pour déjeuner, avant de regagner le collège. Ces jours-là, je pris l'habitude de descendre à la station du club et, posté discrètement, de guetter sa venue.

Elle arrivait, légère, son sac de sport en bandoulière. Mon cœur battait à tout rompre. Je la dévorais des yeux jusqu'à son entrée au club. Ces quelques minutes, attendues depuis la veille, valaient des années.

Laisser passer un ou deux métros me mettait en retard ou m'empêchait même de déjeuner à la maison. J'inventais divers prétextes et finis par annoncer à ma mère que je préférais manger près du collège avec des camarades.

Un jeudi, Dina ne vint pas. Le mardi suivant non plus. J'appris qu'elle avait changé ses horaires de squash : elle jouait désormais à dix heures du matin. Il ne me restait plus qu'à guetter ses apparitions à la nouvelle piscine olympique du club. Mais c'était plus rare, et nous n'étions plus seuls.

Elle n'a jamais rien su de nos brefs, mais si intenses, moments passés ensemble.

– Est-ce que le *khawaga* prendra une bière ? demande Mahmoud.

À ses yeux, je suis le *khawaga*. Il ne lui viendrait pas à l'idée de m'appeler d'une autre façon. Dans sa bouche, ce mot d'origine persane n'a pas un caractère péjoratif. Je suis simplement le « monsieur » qui n'est pas comme lui. Un musulman ou un copte se sentirait insulté si on le désignait ainsi. Il y a deux sortes de *khawagates* : les étrangers et les égyptianisés de notre espèce. Selon l'interlocuteur, selon les circonstances, le terme est prononcé avec déférence, ironie ou mépris.

Pour Georges bey Batrakani, la question ne se posait pas : il était « le bey » et le resterait jusqu'à sa mort. Les titres honorifiques de bey et de pacha n'existaient plus depuis la chute du roi Farouk, en 1952, mais par respect ou par habitude, tout le monde continuait à appeler mon grand-père Georges bey. Et il était encore qualifié de « roi du tarbouche », malgré la fermeture de son usine et le bannissement de cette coiffure emblématique par les nouveaux maîtres du pays.

Mon père, lui, avait droit à du « *khawaga* Sélim » qui ne semblait pas le gêner. Et c'était pareil pour nos oncles : « *khawaga* Michel », « *khawaga* Alex »… Paul n'y aurait rien trouvé à redire si on ne lui donnait du « *khawaga* Boulos ». La transcription arabe de son prénom le faisait enrager.

En tant que femme, Dina échappe à cette prise de distance. On l'appelle aujourd'hui « *sitt* Dina » ou « madame Dina », ou même « la *hanem* », comme n'importe quelle bourgeoise copte ou musulmane.

Mahmoud confie volontiers ses soucis familiaux à la *sitt*. Sollicité en permanence par des frères, des sœurs, des enfants ou des neveux, victimes du chômage et de la hausse des prix, il leur donne facilement la moitié de son salaire. Quand Dina le traite de poire, il s'exclame :

– Les gens ont faim, *ya sitt* ! Les gens ont faim !

Faute de logement, une partie de sa famille vivait dans la Cité des morts, au milieu des tombes, où les fossoyeurs s'étaient mués en agents immobiliers. Les

autorités avaient fini par doter ces quartiers infor-
mels d'écoles, de postes de police et d'une ligne de
tramway. Le parti gouvernemental y avait même
installé des permanences. Mais, un beau jour, des
bulldozers sont arrivés pour faire place nette, et il
a fallu s'entasser à huit ou dix par pièce dans des
immeubles de la périphérie, construits sans permis.

– Comment voulez-vous que les jeunes se marient,
ya sitt ? Ils n'ont déjà pas de travail. Si, en plus, ils
ne trouvent pas d'endroit pour dormir… On dit pourtant qu'il y a en Égypte plus de dix millions de loge-
ments vides.

Plusieurs membres de la famille de Mahmoud ont
réussi à décrocher des postes de petits fonctionnaires,
mais leurs salaires misérables les contraignent à choisir entre des dessous de table ou la recherche d'un
deuxième emploi. L'un d'eux en cumule même trois.

Apprenant que l'une des nièces de Mahmoud,
mariée et mère de quatre enfants, se prostituait dans
la journée pour pouvoir subvenir aux besoins de sa
famille, Dina est entrée dans une colère noire. Elle
a fait une tournée téléphonique auprès de ses amis
pour trouver à la jeune femme une place de bonne.
Elle l'a convoquée et sommée de prendre ce travail
sur-le-champ. La nièce de Mahmoud a maintenant
trois heures de trajet par jour, alors qu'elle louait
son corps à dix minutes de chez elle.

10

La soirée sera longue. Les mardis de Dina durent facilement jusqu'à deux heures du matin. Je devrais, comme elle, faire une petite sieste, mais je ne peux m'empêcher de m'attarder dans les pièces, attiré par une photo, un bibelot… Si cette maison compte tant pour moi, n'est-ce pas aussi parce que j'y ai habité, enfant, quelques jours, en octobre 1956 ?

Dès la première bombe sur l'aérodrome, Georges bey avait téléphoné à sa fille et à son gendre :

– Ne restez pas une heure de plus à Héliopolis. Venez à Garden City avec les enfants, on vous attend.

Au cours de l'été, pendant que nous jouions sur la plage, l'Histoire s'était emballée. Les États-Unis ne voulaient plus financer le haut-barrage d'Assouan. En représailles, Nasser avait nationalisé la Compagnie universelle du canal de Suez (« Nous financerons le haut-barrage avec les revenus du canal »). Et, en représailles aux représailles, la France et la Grande-Bretagne s'étaient secrètement entendues avec Israël pour envahir l'Égypte et reprendre le canal par la force.

« La triple et lâche agression » nous privait d'école.

À peine terminées, les vacances recommençaient. D'autres jeux plus excitants que cache-cache et « soldats-voleurs » nous occupaient : il fallait recouvrir de papier bleu les vitres des habitations et éteindre toutes les lumières dès que les sirènes signalaient une alerte aérienne.

Nous quittâmes donc Héliopolis pour Garden City. Viviane s'installa avec Sélim dans sa chambre de jeune fille, et celle de Lola fut transformée en dortoir pour les enfants. La guerre s'étant éloignée de quinze kilomètres, nos jeux habituels reprirent, dans cette grande maison qui s'y prêtait à merveille. On courait partout, du pigeonnier à la remise, de l'entresol au second étage, sauf à l'heure de la sieste de Georges bey, qui était sacrée.

Les adultes tentaient de capter des radios étrangères, car La Voix des Arabes ne diffusait que des bulletins triomphants entre deux marches militaires. Déjeuners et dîners étaient occupés par des discussions politico-stratégiques : « la triple et lâche », comme on l'appelait par dérision, divisait la famille.

1ᵉʳ novembre 1956

Paul exulte. Selon lui, Nasser est en train de recevoir la raclée qu'il mérite. C'est tout juste si mon Occidental de frère ne va pas au-devant des troupes anglo-françaises avec une pancarte de bienvenue ! Il nous a ressorti à table la fameuse phrase attribuée au khédive Ismaïl : « Mon pays n'est plus en Afrique. Nous faisons partie de l'Europe. » André, exaspéré, lui a dit qu'il se trompait de siècle.

« Cette affaire n'est pas bonne pour nos affaires »,
a murmuré le mari de Viviane, que papa a approuvé
d'un hochement de tête. Sur le coup, j'ai pensé qu'il
parlait de l'entreprise Batrakani et fils, mais sa
remarque était générale et plus profonde. André ne
s'y est pas trompé : « Sélim a raison. Depuis les croi-
sades, chaque fois que des Européens interviennent
militairement dans la région, c'est aux dépens des
chrétiens d'Orient. »

Alex est arrivé en retard au déjeuner, très excité.
À l'en croire, Nasser a déjà fui le pays et d'autres
officiers s'apprêtent à rétablir la monarchie. Il tient
ces informations « de source sûre » (son club de
poker, sans doute).

Les premiers parachutistes britanniques et français venaient à peine de sauter sur Port-Saïd que
l'opération fut stoppée, sous la pression de l'Union
soviétique. Paul était hors de lui.

– Quels couillons ! Mais quels couillons !
s'exclama-t-il à plusieurs reprises au cours du déjeuner.

– Paul, je t'en prie ! dit ma grand-mère qui ne
supportait pas de tels mots.

– Pardon, maman, je me suis mal exprimé. Je
ne voulais pas dire « couillons », mais « couilles
molles ». Il a suffi que les Soviétiques froncent le
sourcil pour que Guy Mollet et Anthony Eden
baissent leur pantalon.

En renonçant à leur opération militaire, les « couillons » faisaient de Nasser le héros du monde arabe.

Fort de cette victoire, il ordonna l'expulsion immédiate de tous les résidents britanniques et français, tandis que de nombreux juifs étaient poussés à les suivre. C'était la fin d'un monde. En une semaine, la France, qui comptait tant pour nous, venait de compromettre un siècle d'efforts fructueux pour implanter sa langue et sa culture en Égypte.

Notre univers avait rétréci. Au Sporting Club, des camarades de tous les âges s'étaient volatilisés : dans la salle de bridge, sur les courts de tennis ou parmi les joueurs de billes, on déplorait l'absence d'un Cachard, d'un Sullivan, d'un Cohen ou d'un Moreno... Ces familles avaient eu trois jours pour vendre leurs meubles et faire leurs valises. Les lycées français étaient nationalisés. Notre collège avait échappé de peu à la mainmise de l'État grâce à un subterfuge qui faisait passer les écoles catholiques pour vaticanes. Mais le ministère de l'Instruction publique ne tarderait pas à y étendre son contrôle. Une page était tournée, et cela se lisait sur le front soucieux du Père André.

Le caractère policier du régime s'accentuait de semaine en semaine, l'espionnite faisait des ravages. Au téléphone, comme dans le courrier, dès qu'ils abordaient un sujet délicat, les membres de la famille employaient un langage codé. L'exercice provoquait des quiproquos car Nasser était « Edmond » et le gouvernement « le docteur ».

Le comte Henri Touta, lui, poussait des exclamations à son aise : les écoutes téléphoniques avaient peut-être des employés francophones, mais certainement aucun latiniste. Mon grand-oncle se permettait même des allusions aux oreilles qui auraient pu se glisser dans les murs de la salle à manger :

– *Dat veniam corvis, vexat censura columbas*, lança-t-il un dimanche, en pleine *molokheya*.

– Qu'est-ce que tu racontes ? demanda Georges Batrakani à son beau-frère.

Michel traduisit :

– La censure pardonne aux corbeaux et poursuit les colombes.

– Tais-toi, malheureux ! s'exclama Georges bey. Tu veux nous envoyer au diable ?

11

Georges bey Batrakani a été enterré au Caire, en 1958, par un bel après-midi de printemps. C'était la veille des vacances de Pâques. L'excitation que j'éprouvais contrastait avec le visage grave de tous ces gens en noir, dont certains pleuraient.

L'église Sainte-Marie-de-la-Paix débordait de monde. Il n'y avait même plus de place dans les tribunes. Devant l'iconostase, les couronnes de fleurs étaient si nombreuses qu'on avait dû les superposer. Ultime hommage à celui que l'hebdomadaire *Rose el-Youssef* surnommait naguère « Tarbouche bey », un couvre-chef grenat, dont les fils de soie noire formaient une mince crinière, était posé sur le cercueil. Ce tarbouche, enveloppé de vapeurs d'encens, donnait par moments l'impression de s'élever et de flotter au-dessus du catafalque. Les lueurs tremblantes de douze cierges disposés de part et d'autre accentuaient le caractère irréel de ce tableau.

– Aie pitié de nous, mon Dieu ! lança en arabe, d'une voix vibrante, le fils aîné du défunt, qui célébrait l'office mortuaire, assisté de plusieurs autres prêtres.

Je me rappelle la vigueur avec laquelle il donnait des coups d'encensoir, et cette odeur âcre qui prenait à la gorge. On a ouvert les portes en fer forgé de l'iconostase. Le Père André s'est adressé au Tout-Puissant de manière plus insistante :

– Dieu des esprits et de toute chair, Toi qui as terrassé la mort, anéanti le Diable et donné la vie au monde, Toi, Seigneur, accorde à l'âme de ton serviteur, Georges bey Batrakani, le repos dans un séjour de lumière, de fraîcheur et de délassement, d'où sont absentes la douleur, la tristesse et les larmes.

Mais les larmes de ma grand-mère ruisselaient alors qu'on refermait les grilles de l'iconostase. Ses deux filles lui tendaient de temps en temps un mouchoir en lui chuchotant des paroles de réconfort. Elles étaient superbes, l'une et l'autre, dans leurs robes noires, le visage sans maquillage retranché derrière des lunettes fumées.

– Ce sont les filles Batrakani, avait murmuré quelqu'un derrière moi, sur un ton admiratif, en entrant dans l'église.

Les trois autres enfants de Georges bey se tenaient au premier rang de l'autre travée.

Michel, toujours célibataire à cinquante-trois ans, était le seul à vivre encore à la maison. Il avait passé beaucoup de temps, les derniers jours, au chevet de son père mourant.

Paul, le visage impassible, semblait ailleurs : on aurait dit qu'il avait déjà quitté cet Orient qu'il détestait de plus en plus. Personne n'ignorait son intention de partir, sans doute pour s'établir à Genève.

Près de lui, son épouse suisse essuyait de temps en temps une larme.

Alex avait un air grave et tendu qu'on ne lui connaissait pas. Cela le vieillissait, accentuant la différence d'âge avec Dina, troublante derrière sa voilette.

Sainte-Marie-de-la-Paix devait son nom à la Seconde Guerre mondiale. Plusieurs souscripteurs, dont Georges bey, avaient permis à la communauté grecque-catholique d'acquérir cette ancienne église anglicane du quartier résidentiel de Garden City et de la refaire aux couleurs melkites. De rutilantes icônes ornaient les murs, tandis que le sol était recouvert d'épais tapis.

À ses clients européens de passage au Caire, mon grand-père expliquait, l'œil malicieux :

– Nous sommes des melkites de rite byzantin. Notre Église est grecque mais pas orthodoxe, catholique mais pas romaine. Vous voyez ?

Et, sans laisser à ses interlocuteurs le temps de reprendre leur souffle :

– On appelle le chef de notre Église patriarche d'Alexandrie, d'Antioche et de tout l'Orient, mais son titre exact est patriarche des grandes villes d'Antioche, d'Alexandrie et de Jérusalem, de la Cilicie, de la Syrie, de l'Ibérie, de l'Arabie, de la Mésopotamie, de la Pentapole, de l'Éthiopie, de toute l'Égypte et de tout l'Orient, Père des pères, Pasteur des pasteurs, Pontife des pontifes, treizième des saints apôtres.

Après les condoléances sur le parvis, un long cortège de voitures se dirigea vers le Vieux-Caire. Le corbillard ouvrait la marche, suivi de la Chevrolet verte et blanche de Georges bey. Des couleurs trop éclatantes pour la circonstance, mais qui correspondaient bien à la saison… Michel avait pris place à l'avant, à côté de Yassa. Sur la banquette arrière, ma grand-mère était entourée de ses deux filles. Elle inclinait de temps en temps la tête, se réfugiant sur l'épaule de l'une ou de l'autre.

Nous roulions juste derrière. Papa conduisait en silence. Son comportement m'intriguait. Il n'avait pas dit un mot depuis la sortie de l'église. Rien, sur son visage, ne laissait deviner une émotion. J'ai compris plus tard combien il avait été affecté par le décès de Georges bey. Sélim Yared ne perdait pas seulement son beau-père, mais un modèle, un ami, un homme qui l'avait choisi comme successeur, de préférence à ses propres fils.

On avait dû promettre un beau pourboire au gardien du cimetière, car les pelouses venaient d'être tondues. Autour du caveau familial, une odeur d'herbe fraîchement coupée se mêlait à celle de l'encens. Une nouvelle inscription, en lettres majuscules, était gravée sur la dalle de marbre : « Georges bey Batrakani, 1880-1958 ».

À la fin de la cérémonie, je me suis retrouvé près de la cahute du gardien, en train d'observer cette foule élégante. Je cherchais Dina des yeux. Elle avait relevé sa voilette et bavardait avec des personnes que je ne connaissais pas. Michel s'est approché de moi et a posé sa main sur mon épaule :

– Viens, Charles, a-t-il murmuré. C'est fini.

Nous nous sommes engagés vers la sortie. Sa main tremblait.

12

Dina a conservé la Chevrolet Bel Air, qui se trouve dans le garage, au milieu du jardin. Je ne résiste pas au plaisir d'aller l'admirer, une fois de plus. Les clés de la portière et du tableau de bord sont accrochées à un clou, derrière la porte de l'office.

Une baguette chromée court sur tout le flanc du véhicule, avant de s'incurver gracieusement à la hauteur des ailerons. Yassa passait une heure par jour à astiquer la carrosserie.

J'ouvre la portière, je hume l'odeur du cuir et me glisse sur la banquette de couleur crème. Le siège est réglé à ma taille. Heureux comme un enfant, je saisis à deux mains l'immense volant, flanqué d'un klaxon en cerceau. La minceur du levier de vitesse m'étonne toujours. Je manipule délicatement l'allume-cigare, les boutons et les tirettes du tableau de bord. Si ce n'était l'heure de la sieste, j'allumerais le moteur. Il est bon d'ailleurs de le faire tourner de temps en temps, comme me le rappelle Yassa à chacun de mes séjours au Caire. Dina n'y pense pas.

– Rien n'obligeait Georges bey, paix à son âme ! à changer d'automobile au début de 1957. Sa

69

Studebaker datait d'à peine un an, et elle roulait parfaitement. Mais ton grand-père avait sans doute besoin de compensations après s'être fait beaucoup de mauvais sang à l'automne. Ces événements calamiteux de Suez… Il faut dire aussi que les concessionnaires de voitures américaines n'arrêtaient pas de l'allécher avec leurs nouveaux modèles. Chevrolet proposait des Bel Air bicolores pour mettre en valeur les ailerons.

Georges bey était tenté par un rouge et crème, mais les débuts du socialisme nassérien l'incitaient à plus de discrétion. Il se rallia au vert et blanc, qui correspondaient d'ailleurs aux couleurs nationales. Pas pour longtemps, à vrai dire, puisque l'Égypte allait bientôt s'unir à la Syrie et former avec elle une très provisoire République arabe unie dont le drapeau aurait des bandes rouge et noire.

Pourquoi Yassa m'a-t-il reparlé de la Chevrolet, en février dernier, quand nous étions à Dakhla ? La tempête de sable, sans doute.

Je n'avais jamais vu une tempête aussi forte, aussi irritante. Les rafales de vent ont emporté les tables et les chaises qui se trouvaient près du bassin. Les grains de sable s'introduisaient partout : on en a même retrouvé à l'intérieur des phares de la Toyota.

Nous étions enfermés à la mission depuis quarante-huit heures. Josselin tournait en rond, impatient de reprendre la fouille. À tous les repas, il était question de la fameuse tempête de 1947 qui avait permis à l'égyptologue Ahmed Fakhry de découvrir dans cette oasis la ville antique et la nécropole. J'étais sûr qu'une bonne surprise de ce genre nous était réservée.

Le surlendemain, à mesure qu'on approchait du chantier, le monticule semblait avoir changé d'allure. Je me voyais déjà en train de raconter une miraculeuse découverte. Mais des kilos de sable couvraient les murets de brique déjà dégagés. Il n'y avait plus qu'à reprendre les pelles et à recommencer.

La tempête de sable rappelait à Yassa un fameux *khamsin* sur la route d'Alexandrie :

– C'était au début de l'année 1957. Quand le vent a commencé à souffler, nous n'étions plus, heureusement, qu'à une trentaine de kilomètres du *rest house*. J'ai dû allumer les phares et rouler très lentement. « Quelle idée d'aller à Alexandrie en hiver ! C'est la dernière fois que je le ferai », a dit ton grand-père, paix à son âme ! quand nous sommes arrivés à destination. Il a tenu parole, le pauvre. Au printemps de l'année suivante, j'étais encore au volant, mais pour suivre son corbillard. Sur la route du cimetière, des adolescents nous ont jeté des pierres. Quelle honte ! L'aile droite de la Chevrolet a été éraflée.

Je ne vois aucune trace d'éraflure. Cette portion de carrosserie a dû être réparée et repeinte après les funérailles de mon grand-père. Mais, pour Yassa, la blessure n'est toujours pas cicatrisée.

13

– Après la mort de Georges bey, paix à son âme ! Monsieur Sélim, ton père, paix à son âme ! m'avait proposé un poste. Mais je n'avais pas le cœur de continuer. J'ai bien fait, je crois, d'aller travailler chez les Français. Sinon, que serais-je devenu ? Dans les années qui ont suivi, vous êtes partis les uns après les autres.

Yassa ne parle pas seulement des membres de la famille, mais de tous les égyptianisés comme nous qui ont choisi l'exil après une halte de quelques générations au pays des pharaons. La question ne se pose pas pour lui, le copte, ancré dans la vallée du Nil depuis six mille ans. Yassa n'a jamais fait un voyage hors d'Égypte. Je crois même qu'il n'est jamais monté en avion, lui qui a si souvent accompagné des passagers à l'aéroport ou fait le pied de grue derrière les barrières de la douane, une pancarte à la main, pour les accueillir au Caire. Il le dit lui-même :

– Je suis un homme d'aéroport.

Quel choc à notre arrivée à Beyrouth en 1963 ! La liberté se lisait sur les visages. Ce Liban insouciant, où les chrétiens occupaient sans complexe les premières places, affichait un air de richesse, d'arrogance et de gaieté. On y vendait des produits occidentaux dont nous étions privés ou des nouveautés qui n'avaient pas franchi les portes de notre démocratie populaire. Comme ce dentifrice à rayures…

Alex était venu nous chercher à l'aéroport, mes parents, mes frères et moi, à bord d'une Citroën DS, modèle inconnu au Caire. Lui avait réussi à partir avec sa femme deux ans plus tôt, profitant de l'éphémère République arabe unie. Ils s'étaient rendus en Syrie, devenue la province Nord du nouveau pays, et de là n'avaient pas eu de mal à passer au Liban.

L'idée de retrouver Dina provoquait chez moi des sentiments confus. En deux ans, il s'en était passé des choses ! J'étais tombé amoureux d'une fille de mon âge et n'avais plus besoin de guetter en secret une joueuse de squash… Derrière la vitre de l'aéroport de Beyrouth, c'est elle que j'aperçus en premier. Vêtue d'une robe légère, les bras nus, elle souriait.

Alex conduisait vite, les mains gantées comme d'habitude. À mon père, sceptique, il vantait ses succès commerciaux au pays de l'argent-roi :

– Tu vois, Sélim, en Égypte, on existait. Ici, on vit.

Dina l'écoutait d'un air indifférent.

Dans la pension de famille où nous avions atterri en attendant de louer un appartement, papa était comme un ours en cage. Il avait trop goûté au luxe et au commandement pour s'accommoder d'une situation de demandeur d'emploi dans ce décor minable. L'unique téléphone, toujours occupé, le mettait en rage. Alex l'appelait deux fois par semaine pour lui proposer de s'associer à des projets mirifiques qui n'avaient ni queue ni tête, et aucune chance d'aboutir. Au Caire, Sélim avait réussi à neutraliser ce beau-frère encombrant en lui donnant un poste honori-fique et une secrétaire. Ici, il devait supporter ses rodomontades.

Six mois plus tard, mon père recommençait une ascension professionnelle étourdissante. Ayant repris contact avec plusieurs clients européens, il avait obtenu la concession d'une grande marque de voi-tures allemandes pour une partie du Proche-Orient. Il ressemblait de plus en plus à feu Georges bey Batrakani. C'était vraiment l'héritier de son beau-père. À Beyrouth, les « Syro-Libanais » d'Égypte, devenus les « Égyptiens » du Liban, l'appelaient Sélim bey.

Alex, lui, continuait à brasser du vent. Après avoir renoncé à ouvrir un cinéma de plage, puis un salon de beauté pour animaux de compagnie, il cherchait un partenaire pour créer, dans la vallée de la Bekaa, une sorte de Disneyworld, qui ne verrait jamais le jour.

Ma grand-mère n'a pas tardé à les rejoindre au Liban, alors que je partais faire des études en France et m'y installer. La maison de Garden City a été confiée à Mahmoud qui était chargé de surveiller les lieux, d'entretenir le jardin et d'aérer les pièces. Le Père André venait tous les mois lui remettre son salaire. De temps en temps, il hébergeait sur place des religieux étrangers qui venaient passer quelques jours dans cette belle demeure à l'abandon, privée de chauffage et d'eau chaude.

Des six enfants de Georges et Yolande Batrakani, seul le jésuite vivait encore en Égypte. Paul et Michel habitaient Genève. Lola avait suivi son deuxième mari à Montréal. Viviane et Alex étaient à Beyrouth avec leurs conjoints respectifs.

Le Père André apparaissait, plus que jamais, comme l'icône du clan Batrakani. Le fait qu'il ait voulu rester en Égypte – où il entendait bien mourir – redoublait l'admiration de ses sœurs : Lola et Viviane l'avaient quasiment béatifié de son vivant. Papa était agacé par le culte rendu à ce beau-frère qui l'avait toujours désorienté.

– N'exagérons rien, disait-il. André est en sécurité au collège de Faggala, logé-nourri-blanchi. Pas de souci matériel, pas de problèmes familiaux, et pas de risque d'être inquiété par la police qui hésiterait à s'en prendre à un jésuite, même de nationalité égyptienne.

Il ajoutait parfois, sans convaincre :

– J'aimerais bien, moi, être à sa place !

Homme d'affaires dans l'âme, Sélim n'aurait pas tenu une journée au collège, dans une chambre monacale, entre enseignement, prière et repas en communauté. Il n'avait vocation ni à la pauvreté ni au célibat. La théologie le laissait de marbre et les exercices intellectuels l'ennuyaient prodigieusement.

C'est ce dernier point qui nous a éloignés l'un de l'autre. Il s'étonnait que son fils aîné n'adopte pas le même métier que lui. Dans nos familles, les Touta, les Batrakani ou les Yared, la bosse des affaires saute régulièrement une génération. S'il m'a laissé faire des études de lettres, c'est parce que mes frères, eux, prenaient le bon chemin.

Issu d'une famille plus modeste que celle des Batrakani, Sélim Yared s'était habitué à un certain luxe. Il fréquentait le meilleur tailleur de la ville, possédait un nombre impressionnant de costumes, de chemises, de chaussures... C'est à lui que je pense en me demandant comment je vais m'habiller pour la soirée.

Je renonce à la cravate, une veste suffira. Après tout, je suis chez moi.

Il est 19 h 35 à ma montre. « Sept heures et demie et cinq », comme nous disions jadis, et comme Dina le dit encore, en français d'Égypte, ce français savoureux à la prononciation chantante qui s'évanouit peu à peu. Les semi-francophones d'aujourd'hui ont l'air de parler une langue étrangère, avec un faux accent de Paris.

14

Comme d'habitude, Loutfi Salama est arrivé le premier. Il repartira certainement le dernier, vers deux heures du matin, après avoir confié la maîtresse de maison à Mahmoud et au cuisinier. C'est une façon de souligner sa relation particulière avec Dina. Costume croisé, pochette de soie et chaussures vernies, il a l'air prêt à convoler à tout moment.

Nous nous donnons l'accolade. Sa moustache en broussaille, plus sel que poivre, pique affreusement. Jusqu'à la tombe, Loutfi Salama, professeur honoraire de littérature comparée à l'Université du Caire, restera fidèle à l'eau de toilette Old Spice qui me rappelle mes premières surprises-parties dansantes à Héliopolis.

– Qu'est-ce qui nous vaut le plaisir de ton nouveau séjour au Caire ? me demande-t-il.

Je réponds d'une voix mécanique :

– Je viens faire une recherche sur un égyptologue français, Bernard Bruyère, dont les cahiers de fouilles sont conservés à l'Ifao.

Le nom lui dit quelque chose. Il me faut gloser sur la manière dont Bernard Bruyère avait dégagé le village antique des ouvriers de Deir-el-Médina dans l'entre-deux-guerres, tandis que son épouse, Françoise, déguisée en infirmière, soignait les paysans de la rive ouest de Louqsor… Cette fois, j'ai l'impression d'être entré en Égypte avec un faux passeport.

Loutfi me demande des nouvelles de Paris. Que lui dire ? Il déclame alors d'une voix solennelle :

C'est vrai, j'aime Paris d'une amitié malsaine ;
J'ai partout le regret des vieux bords de la Seine.
Devant la vaste mer, devant les pics neigeux,
Je rêve d'un faubourg plein d'enfance et de jeux.

– Tu connais ? me lance-t-il.

Je fais non de la tête.

– C'est de François Coppée, voyons !

Je ne sais même pas à quel siècle appartenait François Coppée… Loutfi aime les mots, qu'il fait rouler dans sa bouche avec gourmandise. Ce musulman a accompli toute sa scolarité chez les jésuites. Nous avons usé nos fonds de culotte sur les bancs du même collège du Caire, à un quart de siècle d'intervalle. Ça crée un lien, même si Loutfi m'agace régulièrement en citant le Père X. ou le Père Y., des figures légendaires que je suis trop jeune pour avoir connues. Le « bon temps » qu'il évoque est encore meilleur que le mien… mais il ne vaut pas celui qu'ont connu mes oncles André, Paul ou Michel. Chaque génération évoque un paradis perdu, tout en regrettant de n'être pas née plus tôt.

Voici notre Dina en haut de l'escalier. Une main posée sur la rampe, l'autre relevant un pan de sa robe, elle descend les marches dans un bruissement soyeux. Souveraine. On ne lui donnerait jamais son âge. Quel âge exactement ? Le brave Loutfi Salama se ferait arracher un à un les poils de la moustache plutôt que de révéler un tel secret. À supposer qu'il le sache.

Dina a dû passer un moment devant sa coiffeuse, entre crèmes et poudres, traquant quelque ride qui lui aurait échappée. Son maquillage, à peine perceptible, la distingue de plusieurs de ses amies, fardées comme des danseuses de cabaret. Elle s'approche de l'une des tables préparées pour l'apéritif.

– Que penses-tu de ce *hommos* ? me demande-t-elle d'un air dubitatif en désignant des coupelles de cristal.

Je trempe un morceau de concombre dans la purée de pois chiches au sésame et commets mon deuxième mensonge de la soirée :

– Excellent. Pourquoi ?

– Pas assez citronné, rectifie Loutfi Salama, qui mâchonne de son côté d'un air professionnel. Pas assez citronné, ou alors trop délayé.

Dina se dirige vers la cuisine pour enguirlander le coupable, tandis que le professeur honoraire de littérature comparée commence un exposé, nourri de citations, sur la racine du mot *hommos*. Ne pas confondre *hamasa* et *homs*…

– Loutfi chéri, je meurs ! Sers-moi un verre d'eau.

Il se précipite. Sa main tremble un peu en saisissant la bouteille, ses veines bleutées semblent sur le point d'éclater. À en croire Josselin, notre égyptologue en chef, qui connaît les potins du Caire encore mieux que ses hiéroglyphes, Dina l'aurait mis en liste d'attente à la fin des années 1980. Contrairement à d'autres, Loutfi n'a jamais accédé à son lit à baldaquin. Pourquoi s'est-elle toujours refusée à cet homme attentionné et charmant, qui l'adule ? La demande en mariage de Loutfi, un soir, au restaurant du Sémiramis, avait été accueillie par un éclat de rire, jamais élucidé. Bien sûr, il est musulman, et elle chrétienne, mais Dina n'est pas du genre à reculer devant un tel obstacle.

À défaut de le recevoir dans son lit, elle le rencontre régulièrement dans ses songes, et ne se prive pas de le dire en public. Lors de mon précédent voyage, encore :

– Loutfi, j'ai rêvé de toi.

L'interpellé avait tendu l'oreille, un peu inquiet. Dans les rêves de Dina, il est toujours ridicule.

– Nous nous trouvions au cimetière grec-catholique, pendant les funérailles de mon beau-père. Tout le monde était là, en deuil, avec des mines compassées. Toi, tu ne portais qu'un caleçon et un tarbouche sur la tête. Drôle de tenue, je te jure !

C'est tout juste si elle ne lui demandait pas de s'excuser.

15

Les premiers invités se dirigent vers la terrasse. Aidé d'un jeune « extra » que je ne connais pas, Mahmoud a dressé une table dehors pour y déplacer une partie des mezzés. Dina a fait disparaître le *hommos*. Celui-ci manquait un peu de goût, en effet, mais il ne faut pas exagérer. Je me demande parfois si Loutfi Salama n'en fait pas trop pour briller aux yeux de ma tante.

En a-t-il besoin ? Cet universitaire respecté, qui peut se prévaloir d'une carrière sans faute, est l'un des produits les mieux finis du collège des jésuites ancienne manière. De son temps, les élèves de la section égyptienne maniaient avec le même brio l'arabe et le français, sans négliger l'anglais.

– Promotion 1940, précise-t-il fièrement. Deux ans plus tard, c'était la bataille d'El-Alamein. En juin, pendant que Montgomery réglait son affaire à Rommel sur la côte, nous passions nos examens, coiffés du tarbouche. Dès le mois suivant, Le Caire avait retrouvé sa vie trépidante, et des milliers de soldats alliés, soûls comme des barriques toutes les nuits, faisaient marcher le commerce.

Le roi Farouk, mis hors jeu par l'occupant anglais, n'était pas le dernier à s'amuser.

15 septembre 1942
Alex me raconte une histoire incroyable, qu'il n'a pas pu inventer. Hier soir, à bord de sa Morris décapotable, il fonçait sur la route déserte d'Almaza, en compagnie d'une Maltaise, ramassée Dieu sait où. Un autre véhicule, occupé par deux hommes, l'a dépassé, pour s'immobiliser sur le bas-côté quelques kilomètres plus loin. Le passager, qui était descendu du véhicule, lui a fait signe de s'arrêter. « Sa Majesté voudrait vous parler », a-t-il dit à Alex. Stupéfait, celui-ci a reconnu le roi au volant. « Combien de cylindres ? » a demandé Farouk en pointant le doigt vers la Morris. Puis, après un bref échange de nature mécanique : « Je vais finir la soirée à L'Auberge des Pyramides, vous me suivez ? » Ils y sont allés, mais Alex me précise, un peu penaud, que la Maltaise a terminé la nuit au palais.

S'il ne tenait qu'à lui, Loutfi Salama passerait des journées entières en compagnie de Dina. Les gens se demandent sans doute quel intérêt il y trouve, lui, le fin lettré, qui jongle avec Montaigne, Racine, Taha Hussein ou Ahmed Chawqi. À notre dernière réunion de famille de Genève, quelqu'un a lancé :

– Dina ne lit que des magazines chez son coiffeur de Zamalek. Pour les nourritures intellectuelles, elle fait régime.

C'est faux. Ou alors, tout dépend de ce qu'on appelle la vie intellectuelle. Sa table de nuit est toujours encombrée de gros romans. Et il faut l'entendre parler des dernières élections américaines ou des luttes de pouvoir à Moscou ! Ce n'est ni à son salon de coiffure ni par la lecture quotidienne du *Progrès égyptien*, devenu squelettique, qu'elle s'informe aussi bien des affaires du monde. Son université permanente, c'est la chaîne francophone TV5, qu'elle allume plusieurs fois par jour et qui occupe ses soirées libres. Elle y dévore, dans l'ordre, les informations françaises, belges, suisses et québécoises. Aucune émission d'actualité ne lui est étrangère, aucun jeu télévisé ne lui échappe. Si le téléphone sonne au mauvais moment, elle expédie l'interlocuteur en trois secondes :

– Non, chérie, je ne peux pas te parler, j'ai « Questions pour un champion ».

Qui connaissait au Caire, jadis, ce genre de chose ? On parlait français, on adorait la France, on se bousculait pour entendre les conférenciers venus de Paris. Mais la France était lointaine. Les satellites ont tout brouillé. Jamais l'Occident n'a été aussi proche de cette Égypte désoccidentalisée.

Dina parle convenablement l'arabe, mais ne l'écrit pas et le déchiffre à peine. Elle est la première à s'en indigner :

– Tu te rends compte : je suis condamnée à lire Naguib Mahfouz en français ! Heureusement, les choses ont changé, mais de mon temps, chez les Mères, l'arabe était considéré comme une langue étrangère. Non seulement on ne nous l'a pas appris, mais on nous a appris à le dédaigner.

C'était moins vrai pour les garçons, mais ça dépendait des familles. Mon père dominait parfaitement l'arabe. Mes oncles maternels, en revanche, qui appartenaient à une génération plus ancienne et à un milieu plus aisé, avaient passé les épreuves du baccalauréat égyptien en français, comme on le permettait à l'époque. Le Père André regrettait d'en avoir bénéficié : par la suite, lors de ses études religieuses, il s'était remis à l'étude de l'arabe, qui n'aurait plus pour lui aucun secret.

16

Genève, 3 octobre 1970

Nasser est mort... Je n'en reviens toujours pas. « Que Dieu l'emporte, celui-là ! » disait papa. Mais le raïs, qui nous inquiétait tant, n'était déjà plus que l'ombre de lui-même depuis la cuisante défaite égyptienne dans la guerre des Six-Jours. Pas de doute : il reste adulé par son peuple. Les journaux racontent ses incroyables funérailles, en présence de quatre millions de personnes submergées de douleur. Le cercueil, tiré par quatre chevaux noirs, a failli être avalé par la foule. On aurait dit une barque en perdition sur un fleuve humain. La sécurité des chefs d'États présents était à peine assurée. Il paraît que le roi Hussein de Jordanie est tombé à terre et que dans la bousculade le président chypriote, Mgr Makarios, a perdu sa crosse. Quant au président par intérim, l'insignifiant Anouar El-Sadate, il s'est évanoui ! Personne n'imagine que ce personnage falot puisse succéder à Nasser.

Trois ans plus tard, en janvier 1974, un grand rassemblement familial a été organisé à Genève, à l'occasion d'un voyage du Père André à l'étranger. La réunion aurait pu avoir lieu au Liban qui passait encore pour la Suisse du Moyen-Orient, mais depuis son départ d'Égypte Paul Batrakani avait juré de ne plus mettre les pieds dans la région. Sa détestation de tout ce qui était arabe n'avait fait que croître à distance. À ses yeux, il n'existait qu'une seule Suisse, la vraie, celle dont il avait pris la nationalité. Affichant une xénophobie virulente, il trouvait que son pays d'adoption était envahi de « métèques » et plaidait pour une législation draconienne. Son épouse suisse, qui n'avait pas les mêmes comptes à régler, se montrait plus nuancée. Elle le faisait même enrager en déclarant que Le Caire lui manquait.

Michel habitait non loin d'eux. Il vivait seul, en vieux garçon, partageant son temps entre des lectures et des travaux de traduction.

Ma grand-mère, elle, avait adopté le Liban et refusait d'en bouger. D'ailleurs, elle redoutait l'avion. Le vol inaugural Le Caire-Paris de l'été 1946 lui avait laissé un souvenir épouvantable. Elle ne voulait pas admettre que les appareils modernes étaient sans commune mesure avec le DC-4 d'alors. Mais, pour voir son fils André, elle se serait faite cosmonaute.

Grand seigneur, Sélim avait pris deux places de première : une pour sa belle-mère, qui affronterait ainsi les nuages dans les meilleures conditions, et une pour Viviane, qui l'assisterait dans cette épreuve aérienne. Lui-même voyagerait en classe économique, avec Alex, Dina et mes frères.

Venant de Paris, je les avais devancés à Genève. Je les revois à la sortie du hall de l'aérogare où j'étais

allé les attendre avec mes cousins. Yolande Batrakani était encadrée de ses deux enfants, Viviane et
Alex, tandis que les deux pièces rapportées, Sélim et
Dina, les suivaient, très gais. Dina portait un manteau
de daim garni d'un col de fourrure. Elle était rayon-
nante.

Mes frères paraissaient désorientés par l'ordre, le
silence, la richesse et la propreté de cette Europe qu'ils
découvraient. Moi, à dix-neuf ans, quoique Parisien
de fraîche date, je jouais à l'autochtone.

Paul habitait une vaste maison, près du lac Léman,
dont la salle à manger rappelait un peu celle du Caire.
Déjà, en Égypte, il m'intimidait : cet oncle avait une
sorte de hauteur, ou de distance, qui n'incitait pas aux
effusions. Ici, à Genève, avec sa chevelure argentée et
sa qualité de banquier suisse, il m'impressionnait vraiment. Je tenais à paraître européen à ses yeux, européen à cent pour cent. Et j'étais gêné que son frère
Michel se permette de l'appeler « Boulos » de temps
en temps.

Débarrassé de l'Orient, Paul Batrakani donnait sa
pleine mesure, après avoir mis toute son énergie pour
s'installer dans le décor. L'appartenance de sa femme
à une vieille tribu suisse facilitait son intégration, et
lui avait d'ailleurs permis de trouver très vite un poste
dans une banque genevoise dont il gravissait un à un
les échelons. De l'Égypte, il n'avait conservé que la
notion de chef de famille, à laquelle son épouse adhé-
rait, même si on la sentait plus à l'aise que lui, moins
soucieuse de se surveiller en permanence. Ils avaient
cinq enfants, trois garçons et deux filles, polis, bien
éduqués, appelés à faire de belles carrières et de bons

mariages. Dans cette maison bourgeoise, entourée d'un jardin, il flottait une odeur rassurante de vieux cuir et de bois verni. On s'y sentait en sécurité, entre des murs épais, sur de robustes fondations.

Genève, 17 mars 1974

Pas de molokheya, *ce dimanche. Boulos voulait sans doute célébrer la gastronomie des alpages. Il a quand même dû laisser servir les pistaches, l'arak et les pâtisseries orientales apportés par nos Beyrouthins.*

Nous étions tous réunis, pour la première fois depuis longtemps. L'absence de papa n'en était que plus marquante. Qu'aurait-il dit en voyant sa descendance dispersée entre plusieurs pays ? Aurait-il lui-même supporté de quitter l'Égypte ? « C'est fini, disait-il en 1926 en apprenant sa nomination comme bey de première classe. Nous ne bougerons plus. Nous sommes là pour mille ans au moins. »

La descendance de Georges bey Batrakani n'était assurée ni par Michel, ni par Alex, et encore moins par le Père André. Mais quinze *Je vous salue Marie* étaient adressés chaque matin à la Vierge par ma grand-mère : pour lui confier ses seize petits-enfants, dont un petit garçon né du second mariage de Lola, qui était décédé d'une méningite à l'âge de trois ans.

Occupant la place d'honneur à table, face à sa mère, le Père André nous ramena une douzaine d'années en arrière :

– Bénissez-nous Seigneur, bénissez ce repas et ceux qui l'ont préparé…

Exilée, dispersée et privée de son patriarche, la famille Batrakani conservait néanmoins sa faconde et sa gaieté. On parlait, on parlait, et on s'écoutait parler. Chacun avait dans sa besace des histoires étonnantes, qu'il brûlait de raconter. Alex n'était pas le dernier à rapporter des faits incroyables, et le Liban à cette époque n'en manquait pas. Le caractère confessionnel du pays, constitué de dix-sept ou dix-huit communautés reconnues, donnait lieu à des situations burlesques, auxquelles le mari de Dina ajoutait sa sauce :

– En ce moment, les exécutions capitales sont en panne. On a un condamné maronite, un condamné grec-catholique, un condamné sunnite, un condamné druze, mais il manque un grec-orthodoxe…

Le Père André lui-même raconta la mésaventure qui lui était arrivée la veille à l'aéroport du Caire. Voyant cet homme en soutane présenter son passeport égyptien, le douanier lui avait demandé :

– Vous êtes égyptien ?

– Non, japonais, avait répondu le jésuite, furieux.

Au cours du déjeuner, il fut question de la guerre que Sadate venait de livrer à Israël.

– Les Égyptiens ont reçu une nouvelle raclée, bien méritée ! lança Paul.

– Détrompe-toi, dit André. La guerre d'octobre, qui a failli tourner à la catastrophe pour Israël avant sa contre-offensive, est célébrée au Caire comme une grande victoire. Elle pourrait changer la donne au

Moyen-Orient. On se demande si Sadate n'a pas fait la guerre dans le but de conclure la paix.

Après le déjeuner, Michel me demanda si l'Égypte me manquait. Je répondis non, sans me forcer. Ma vie était ailleurs, à Paris, qui m'apparaissait comme le centre du monde.

– Donne-moi de tes nouvelles de temps en temps, me dit-il.

Mais un demi-siècle nous séparait.

Genève, 20 octobre 1975

Je ne m'attendais pas à recevoir autant de courrier pour mes soixante-dix ans. Tout le monde me souhaite « mit sana » selon la formule consacrée. Ai-je vraiment envie d'être centenaire ? Depuis mon départ d'Égypte, les choses n'ont plus le même goût. La Suisse est parfaite, irréprochable, mais c'est bien ce que je lui reproche.

De Tel-Aviv, Victor Lévy m'envoie une lettre touchante. Il évoque la visite du sultan au collège le 13 mai 1916. « Je dois t'avouer, avec un peu de retard, que nous avons tous été jaloux de toi quand tu as récité Le laboureur et ses enfants *devant Hussein Kamel… »*

Il faudrait que je lui avoue à mon tour que j'ai mis deux décennies à comprendre le sens de « Travaillez, prenez de la peine, c'est le fonds qui manque le moins. » J'ai longtemps pensé qu'il s'agissait du fond sans s.

Depuis que nous avons quitté l'Égypte, ce sont les fonds qui manquent le plus, comme dirait Alphonse Allais. Heureusement que papa avait pris la précau-

tion, dès la fin des années 1940, de transférer de l'argent en Suisse et de bien le placer ! À eux seuls, mes travaux de traduction ne m'auraient pas permis de vivre.

De Paris, mon filleul m'envoie une simple carte postale. Sans « 'o'bal mit sana ». Aucune allusion à l'Égypte. On dirait qu'il s'applique à oublier ses racines. Il a tort, mais ça lui passera.

C'est l'un des rares passages du journal de Michel où il est question de moi. Je n'étais pas prêt à m'intéresser à cet oncle, beaucoup plus âgé que ma mère. Les souhaits à l'orientale n'étaient pas mon genre. Passionné par la France, je refusais toujours de regarder en arrière. Même le fameux voyage de Sadate à Jérusalem, en novembre 1977, n'allait pas réussir à me faire changer d'attitude.

Et pourtant, ce soir-là à la télévision… Dans le café où je me trouvais avec des amis, tout le monde s'était levé pour mieux voir l'écran. L'atterrissage de l'avion présidentiel égyptien sur l'aéroport de Lod… Vingt et un coups de canon… Tous les dirigeants de l'État hébreu et les deux grands rabbins d'Israël au pied de la passerelle… L'hymne national égyptien… Des sourires, des mains serrées, des gestes d'amitié… « L'événement du siècle », répétaient les commentateurs. Aux portes de l'hôtel *King David*, où la suite royale et deux étages entiers avaient été réservés, des groupes de jeunes Israéliens scandaient le nom de Sadate en dansant la *hora* au son de l'accordéon… J'ai eu du mal à retenir mes larmes.

17

– Je vous présente Jacques-Lui Cheminard, de l'ambassade de France.

Dina est fière de compter un diplomate parmi ses convives réguliers. Elle prononce « lui » au lieu de « louis », et roule les *r* de manière délicieuse.

L'intéressé incline sa lourde tête, exhibant une calvitie mouchetée de petits points roses. Loutfi Salama ne supporte pas le personnage. Je viens de le vérifier dans son regard, au moment où l'autre a fait son apparition dans le hall avec son mètre quatre-vingt-dix et son quintal de graisse. Cheminard ne doit pas avoir plus de soixante ans, mais on dirait un vieux sanglier, revenu de tout, sans illusion sur sa carrière et sans indulgence pour le reste des humains.

– Ce soir, Jacques-Lui, j'ai invité plusieurs de vos compatriotes : des archéologues, qui font partie de l'équipe de Josselin… Oui, oui, Josselin viendra aussi, mais un peu plus tard, après un cocktail je ne sais où. Il est toujours très pris, vous le connaissez.

Quelle fonction Cheminard exerce-t-il à l'ambassade de France ? Personne n'a l'air de le savoir exactement. Loutfi Salama est persuadé qu'il travaille dans le renseignement (« les services », dit-il d'un air mystérieux), mais ce sont ses sentiments qui parlent. Je suis tenté de croire que Cheminard, roi des pique-assiette, ne fait pas grand-chose au Caire, où le Quai d'Orsay l'a sans doute oublié.

– Jacques-Lui, vous n'aimez pas le champagne ?
– Avec votre permission, chère Dina, je reprendrai d'abord un gin-tonic, dit-il en enfournant une poignée de noix de cajou.

Depuis la catastrophe de Suez, les « Français d'Égypte » se comptent sur les doigts de la main. On ne voit plus de familles s'établir sur les bords du Nil. À part quelques religieux, il n'y a que des expatriés qui viennent faire un petit tour et puis s'en vont.

Les ambassadeurs de France se succèdent au Caire. Dina les voit arriver et repartir. Elle ne fait pas partie de ces notables, coptes ou musulmans, que le nouveau titulaire s'empresse de recevoir. Ma tante n'a ni un rôle industriel ni un poids politique, elle joue dans une autre catégorie, celle des petites chancelleries, comme la Suisse, la Belgique ou l'Autriche, et du personnel diplomatique plus modeste, qu'elle conquiert par son charme, sa liberté de ton et ses manières d'ancien régime.

Les jeunes attachés d'ambassade sont ravis d'être invités à ses réceptions dès qu'ils mettent le pied en Égypte. Ça leur donne l'illusion d'avoir été adoptés par la population. Dès la semaine suivante, ils l'appellent « Dina ». Ces jeunes gens travaillent beaucoup et apprennent vite. Ils sont persuadés de parler arabe et de tout connaître du pays. Il faut les entendre indiquer des raccourcis à leur chauffeur dans un mélange de littéraire et de dialectal ! Quant à l'Égypte antique, ils seraient prêts à l'enseigner à l'Université. Lors de mon dernier séjour, l'un d'eux, prenant J&J pour un compatriote de passage, avait entrepris de lui expliquer le principe de l'écriture hiéroglyphique.

Voici nos archéologues. Brahounec aurait pu faire un effort ! Sa chemise à carreaux, son pantalon de velours et ses chaussures de marche témoignent du mépris qu'il porte aux soirées mondaines.

– Josselin devrait payer des chaussures de ville à ses terrassiers, murmure Cheminard à l'oreille d'une dame couverte de bijoux, qui éclate d'un rire sonore.

Mon séjour à l'oasis en février dernier devait me permettre d'écrire un article pour le numéro spécial « Égypte » d'un magazine français. Le rédacteur en chef voulait « du pharaon et du désert ». Ma proposition d'aborder le sujet sous l'angle d'une mission de fouilles l'avait enthousiasmé.

Dakhla se trouve à neuf cents kilomètres du Caire. Les pharaons de l'Ancien Empire en avaient fait un poste avancé pour défendre l'Égypte contre des invasions. On y a retrouvé une nécropole qui date de 4 300 ans. Josselin et son équipe fouillaient l'hiver dernier, pour la quatrième saison consécutive, la tombe d'un gouverneur.

– Je ne te cache pas que la plupart des membres de l'équipe sont hostiles à ta présence, m'a dit J&J

le soir de mon arrivée. Ils n'aiment pas être observés et ne voient pas l'utilité de ce reportage.

Heureusement, j'avais l'appui de Yassa, qui m'a reçu à l'oasis comme un fils. Je n'ai pas tardé à mesurer l'importance de son rôle dans cette mission franco-égyptienne : c'est lui qui organise le travail des chauffeurs, paie les ouvriers, fixe les menus avec le cuisinier, répare ou fait réparer les appareils, graisse la patte aux Bédouins des environs, démine les conflits entre les archéologues et les autorités… C'est à lui qu'on s'adresse pour régler le moindre problème.

Dina me prend à part :

– Rappelle-moi, je t'en prie, qui sont les membres de l'équipe archéologique.

– Josselin a deux adjoints, Brahounec et Saint-Sauveur. Ils se ressemblent comme le jour et la nuit et se détestent copieusement.

– Ça commence bien.

Breton peu loquace, Brahounec est celui qui m'a le plus impressionné. Pouvant rester des heures d'affilée à sa table de travail ou sur le chantier, il est imbattable sur les rites funéraires de l'Ancien Empire. Un vrai savant. Mais je ne peux pas dire qu'il m'ait accueilli les bras ouverts. Et, ici, depuis qu'il est arrivé, pas un mot sur mon article, paru depuis, même pour le critiquer. On dirait qu'il ne l'a même pas lu.

Saint-Sauveur, l'autre adjoint de Josselin, a une silhouette d'acteur de cinéma et des allures de dandy. En entrant, il m'a lancé, avec sa désinvolture habituelle :

95

– Très bien, ton article ! Je vais en faire des photocopies pour les envoyer à des collègues. À propos, peux-tu me dire où sont les pipi-room ?

Madeleine Lachaud, la restauratrice, a paru étonnée de me voir ce soir. C'était la plus opposée à ma présence à la mission. Elle est sèche comme une feuille de papier froissé, avec ses grosses lunettes et son air de gouvernante anglaise.

On attend Flora, la céramologue.

– Elle viendra accompagnée, m'a dit Yassa d'un petit air mystérieux. Je te laisse la surprise.

Nichée dans une palmeraie, assez loin de la ville, la maison de fouilles a été bâtie à la manière traditionnelle : un mélange de brique crue, d'argile et de paille, avec des toits en coupole. Josselin a réussi à faire financer l'essentiel de la construction par une entreprise française de travaux publics. Pour la première saison de fouilles, il avait couché sous la tente, avec les vétérans de la mission : Brahounec, Saint-Sauveur et Madeleine Lachaud. Seul le magasin était alors en dur. Au cours de l'été suivant, en leur absence, le magasin allait être pillé par des Bédouins, persuadés que les Français avaient trouvé de l'or.

Le premier matin, sur le chantier, j'ai fait la connaissance des ouvriers. La plupart portaient le turban, mais quelques-uns étaient coiffés d'un chapeau de palmes tressées, avec un ruban bleu assorti à leur *gallabeya*. C'est une particularité de cette oasis. On m'a présenté à leur chef qui, en guise de bienvenue, m'a offert tout son répertoire de noms français : Charles de Gaulle, Platini, Zidane, Bonaparte…

Yassa est intervenu :

– Mais c'est quelqu'un de chez nous, *ya hagg* !
Il parle arabe mieux que moi.

À la demande de Josselin, je n'ai rien écrit sur
Safouat, l'inspecteur. C'était pourtant le personnage le
plus pittoresque de la mission. « Docteur Safouat »…
Je m'étonnai des égards que l'on portait à cet homme
assez jeune, mal habillé et peu souriant.

– Il est bon de l'appeler docteur, même s'il n'a
qu'une licence d'archéologie, m'avait-on expliqué.
Ce monsieur représente le Conseil suprême des anti-
quités, plus précisément l'inspectorat en chef de la
Moyenne-Égypte et des Oasis. C'est lui qui détient la
précieuse clé du magasin, où sont entreposées toutes
les pièces découvertes sur le chantier.

Le docteur Safouat voulait régulièrement se rendre
en ville. Josselin demandait qu'on le traite le mieux
possible, mais Yassa protestait :

– Monsieur José, je ne peux quand même pas mobiliser une voiture tous les jours pour que ce type aille
fumer sa *chicha* au café !

Certains après-midi, le docteur Safouat arbitrait le
match de football des ouvriers derrière la palmeraie.
Se posant en spécialiste du ballon rond, il multipliait
les conseils, proférés d'un ton solennel. On aurait
cru qu'il avait entraîné l'équipe d'Al-Ahli ou celle
du Zamalek. L'inspecteur poussait parfois l'enseignement jusqu'à jouer lui-même. Son entrée sur le
terrain était saluée par des applaudissements polis. Il
choisissait la position d'attaquant, recevait beaucoup

de passes, mais shootait de façon désordonnée et faisait perdre son camp.

– L'an dernier, m'expliquait Yassa, nous avions une crème d'inspecteur : sérieux, discret, bien éduqué, il faisait confiance aux membres de la mission. Ses remarques étaient frappées au coin du bon sens, et plus d'une fois il nous a facilité la vie. Le docteur Safouat, lui, est accroché au règlement : la clé du dépôt ne doit pas quitter sa poche. Quiconque veut travailler sur un objet déjà classé dans l'inventaire est obligé de passer par lui.

Les membres de l'équipe réclamaient le libre accès au magasin. Josselin, désireux de garder les meilleures relations avec les autorités, demanda à Yassa de trouver une solution. Ce dernier était sagement tenté de laisser traîner les choses, sachant que les questions en instance finissent parfois par se régler toutes seules. Mais les autres s'impatientaient et menaçaient de subtiliser le cadenas.

– S'ils avaient fait ça, m'a dit Yassa, nous aurions été dans de beaux draps ! Le docteur Safouat ne voulait rien entendre, malgré tous mes arguments, enrobés du miel le plus doux. J'ai fini par proposer un compromis qui a l'air de convenir à tout le monde : l'inspecteur garde la clé, le cadenas reste sur la porte, mais il n'est pas bouclé l'après-midi. Le travail s'en trouve facilité, et l'honneur de l'inspecteur est sauf.

Précieux Yassa !

18

14 mai 1957

Et dire qu'il ne savait même pas conduire lors de son embauche, il y a trois ans... Le jeune Yassa a révélé des talents mécaniques insoupçonnés. À la moindre panne de voiture, on fait appel à lui. Tous les moteurs de la famille sont passés entre ses mains.

Papa lui fait entièrement confiance. Il faut reconnaître que Yassa est une tombe. Ce n'est pas lui qui révèlerait quoi que ce soit des faits et gestes de son patron. Mais il ne sait pas mentir : tout à l'heure, quand je lui ai demandé s'il avait bien conduit papa hier à Hélouan, il a rougi et balbutié. C'est pourtant un secret de polichinelle. Même maman doit être au courant. Je la soupçonne d'avoir découvert depuis longtemps la liaison de son mari avec tante Maguy, mais de n'en avoir rien dit à personne.

Il est drôle, Yassa, avec son costume du dimanche ! On ne s'attendrait pas à le trouver ici ce soir. Les classes sociales se mélangeraient-elles maintenant au Caire ? Pas vraiment...

– Yassa, tu ne peux pas aller donner un coup de main à la cuisine pour déboucher le champagne ?

Je n'aime pas ce ton que Dina prend avec lui. Elle a l'air de le considérer comme un domestique.

Il y a dix minutes, je l'ai vue lui montrer la porte-fenêtre qui me chagrine. Je ne m'attendais pas à ce qu'il aille chercher un outil pour l'ajuster. Avec son costume du dimanche… Un genou à terre, au milieu des invités, il a réglé l'affaire en deux tours de vis. Cet homme est une providence.

Souvent, pendant mon séjour à la mission archéologique, me levant très tôt, j'allais rejoindre Yassa sur la terrasse.

– Cette première cigarette, au lever du soleil, est la meilleure de la journée, me disait-il.

La falaise commençait doucement à prendre des couleurs. On n'entendait que les chants des oiseaux et, au loin, le braiment d'un âne. Yassa reposait sa cigarette pour porter à ses lèvres le verre brûlant de thé noir qu'il aspirait à grand bruit. J'aimais particulièrement ces moments.

Un matin, il m'a raconté son mariage.

– « Tu as déjà trente-sept ans, Yassa, et une situation », me répétaient mes tantes. « Ton célibat devient inconvenant… » Je me souviens de la première entrevue, un peu ridicule, chez les parents de ma future épouse. « Tu verras, c'est une perle : jolie, discrète, très bien éduquée. » J'étais accompagné de toute une troupe : ma mère, mes deux oncles, mes tantes et mon frère qui avait exceptionnellement quitté son monastère. Les échanges de politesses, entrecoupés de sirop d'orgeat et de douceurs, avaient bien duré deux heures. En sortant, toute la délégation se congratulait. Sauf moi, qui ne savais trop qu'en penser. On m'avait brossé un tel tableau de Névine… Mais elle n'était ni vilaine ni désagréable, et pouvais-je rester insensible à l'enthousiasme de mes deux oncles qui m'aimaient comme un fils ? L'autre camp avait été très impressionné par la présence du moine, qui faisait office de chef de famille.

Yassa n'arrive pas à se rappeler pourquoi la date des fiançailles avait été fixée si tard. Sans doute fallait-il trouver un jour de non-abstinence, ce qui est assez rare dans le calendrier copte.

– Mes oncles avaient négocié le montant de la dot que je devais verser, sans même me consulter. Ils me disaient : « Remercie le Ciel, *habibi*, d'avoir affaire à des gens bien. Ton futur beau-père offre le double, pour le trousseau et le mobilier. » La cérémonie de fiançailles a eu lieu dans la maison de Névine, remplie de fleurs et de guirlandes. Le prêtre nous a invités à mettre nos alliances à l'annulaire droit. Pourquoi mon doigt résistait-il ? Nous avions pourtant bien pris la mesure chez le bijoutier de la rue Emadeddine… Puis ça a été des cris, des embrassades, des félicitations : « *Mabrouk*, vous êtes à demi-mariés. »

19

Accompagné de Betty, son épouse américaine, José Josselin vient d'arriver, élégant, très à l'aise. Quelle mine ! La chevelure argentée de notre égyptologue en chef souligne un bronzage que le soleil d'Égypte entretient naturellement. Pas un gramme d'embonpoint, ce qui est rare chez un quinquagénaire au contact de la gastronomie locale.

Josselin s'incline devant Dina, lui prend délicatement la main et en approche ses lèvres. Elle est au bord de l'extase. Les autres dames ne perdent rien pour attendre : J&J sait, comme personne, rendre hommage au beau sexe et mettre de l'animation dans les salons. En sa présence, tout paraît plus simple, plus gai.

– Bravo pour ton article, dit-il en me serrant les deux mains. Il me vaut beaucoup de courrier, et peut-être un nouveau sponsor.

Grâce à Betty, qui a divorcé d'un conseiller d'ambassade pour l'épouser, José Josselin a aujourd'hui ses entrées dans la bonne société anglo-saxonne du Caire. L'hiver dernier, à la réception organisée dans son appartement de Zamalek, il y avait au moins trois journalistes britanniques, et non des moindres. En anglais comme en français, J&J a appris à parler à la presse, à lui mâcher le travail. Ses phrases simples et imagées, du genre « Nous fouillons les archives de la terre », font d'excellents titres d'articles.

Il se sait envié par beaucoup de ses confrères. Grâce à son entregent et ses talents médiatiques, il passe régulièrement à la télévision ; des magazines l'interviewent bien plus souvent que de grands chercheurs, confinés dans l'ombre. Mais les gens n'imaginent pas tous les efforts que demande une mission de fouilles comme la sienne : le caractère privé de l'entreprise exige une recherche incessante d'argent, alors que le soutien de l'Institut français d'archéologie orientale oblige Josselin à rendre des comptes. Pour obtenir ce statut hybride, il a dû mobiliser tout son réseau d'amitiés et de relations à Paris.

– Dommage que Dakhla soit si loin du Caire ! me disait-il. C'est seulement en voyant le chantier de fouilles qu'un éventuel mécène peut être gagné à notre cause. Les visiteurs qui prennent la peine de faire le voyage en reviennent ravis, avec l'impression d'avoir participé à une aventure, et ne demandent ensuite qu'à se rendre utiles. J'aime amener les gens sur place. Ils sont curieux, ils veulent en savoir plus. L'espace de quelques heures, ils se prennent pour des égyptologues. Tu aurais vu, l'an dernier, ce banquier, à quatre pattes en train de pénétrer dans le passage conduisant au caveau... Et cette actrice de cinéma, essuyant une larme... Sur un site pharaonique, les gens redeviennent des enfants. Ils ne demandent qu'à s'identifier à nous, qui sommes des porteurs de rêves.

Quand il reçoit des visiteurs, J&J porte une tenue d'archéologue ou d'explorateur d'avant-guerre, qui correspond peut-être à ses propres rêves d'enfant : short kaki, casque colonial et lunettes de soleil rondes. Cet accoutrement fait le bonheur des photographes de presse.

Il brandit une grande enveloppe :

– Dina, je vous ai apporté des photos de notre chantier de fouilles.

– Quelle bonne idée, Jiji ! Je vais enfin comprendre ce que tu fabriques dans cette oasis du bout du monde. Il faut que Mahmoud nous libère une table.

Plusieurs personnes font cercle autour de Josselin, qui déplie une carte d'Égypte :

– C'est là que nous travaillons, dit-il en pointant l'index sur Dakhla.

Dina s'étonne :

– Quelle idée d'aller fouiller si loin, parole d'honneur ! Les vieilles pierres ne manquent pourtant pas autour du Caire, Jiji. Il n'y a que les Européens pour se compliquer la vie comme ça.

L'égyptologue sourit.

– Comme vous le voyez, dit-il, les oasis du désert libyque forment une sorte de chapelet en demi-cercle. Hérodote les appelait « l'archipel des bienheureux ». Elles sont en effet comme des îles, dans la grande mer de sable. Nous fouillons la tombe d'un gouverneur de l'Ancien Empire. Regardez cette photo aérienne…

Sur les images suivantes on aperçoit les restes d'un mur d'enceinte en briques qui fait bien deux mètres d'épaisseur. La partie supérieure a été rongée par le vent, mais les traces d'un badigeon bleuté sont encore visibles.

– C'est l'entrée du mastaba. Les visiteurs arrivaient ici, chargés d'offrandes funéraires. Une stèle-obélisque, découverte dans l'avant-cour, nous a permis de savoir que le propriétaire de la tombe s'appelait Kefrou.

L'égyptologue montre la photo de la pierre, couverte de hiéroglyphes, sur laquelle le nom figure douze fois, et il traduit l'inscription :

– Gouverneur de l'oasis, amiral et directeur des prophètes.

– Un amiral en plein désert ? s'étonne quelqu'un.

– C'était un titre honorifique. Par amiral, on entendait un pilote, un guide, capable de diriger des expéditions lointaines… Regardez encore ce bas-relief. Kefrou y est représenté assis, avec son épouse, devant un guéridon chargé de victuailles. C'est au pied de cette porte factice qu'étaient déposées les offrandes. Le prêtre appelait le défunt, qui venait se servir.

– Le défunt venait se servir ! s'exclame une dame minuscule, arborant une coiffure à la Pompadour aussi haute qu'elle.

– Mais non, pas le défunt en tant que tel : son *ka*.

– Son quoi ?

L'égyptologue ne se laisse pas distraire par les rires de l'assistance :

– Le *ka* était le symbole de la force vitale. Il faisait des va-et-vient entre le caveau souterrain et la chapelle en franchissant la stèle fausse-porte.

– Comment le défunt se nourrissait-il si les offrandes alimentaires cessaient ? demande une voix.

– Elles cessaient forcément un jour. Pour faire face à une pénurie inévitable, des inscriptions étaient gravées sur les murs.

– Je ne comprends rien, dit la Pompadour.

– C'était un procédé magique, chère madame. Je vous rappelle que les hiéroglyphes étaient une écriture sacrée, qui pouvait agir sur les choses. Une parole engendrait ce qu'elle énonçait. Dessiner par exemple un lion sans queue rendait cet animal inoffensif.

– Tout ça est bien compliqué, Jiji, lance Dina d'une voix mondaine. Dans ma jeunesse, au pensionnat du Sacré-Cœur, c'est Charlemagne qu'on apprenait, pas Ramsès II. Moi, je n'ai visité le musée du Caire qu'une seule fois, avec un industriel belge de passage. Un homme charmant. T'ai-je parlé de ce Belge, Loutfi ?

Dina est bien représentative de ce que nous étions en Égypte. Aucun membre de notre famille – même Michel – ne manifestait de réel intérêt pour l'époque pharaonique. À nos yeux, c'était une affaire de touristes. Et, en ce sens, nous étions vraiment égyptiens.

Quant à Yassa, s'il se réclame à juste titre des pharaons, on ne peut pas dire qu'il se passionne pour l'Antiquité. L'égyptomanie de beaucoup d'Occidentaux lui paraît étrange, et même excessive :

– Ah, si seulement ils pouvaient s'intéresser à nous autant qu'à nos ancêtres !

20

Yassa, « l'homme d'aéroport », ne se trouvait pas hier soir à l'arrivée de l'avion de Paris, et s'en désole :

– Personne n'était là pour recevoir la jeune Française. Quelle honte ! Si j'avais su, j'y serais allé moi-même, et je t'aurais pris par la même occasion. Mais je ne peux pas tout faire dans cette boutique. Votre avion, en retard, n'a atterri qu'à minuit, n'est-ce pas ? La jeune fille a dû récupérer toute seule sa valise puis, ne voyant personne, prendre un taxi. Le chauffeur s'est sans doute trompé d'adresse ou a mal compris ce qu'elle lui disait. Il était près de deux heures du matin quand elle est arrivée à l'Institut.

Je voyageais donc dans le même avion que cette petite boulotte qui a fait des études de céramologie et prêtera main forte à Flora pour la nouvelle saison de fouilles. Il paraît qu'elle vient en Égypte pour la première fois.

– Elle s'appelle Ludivine, me précise Yassa. Oui, c'est son vrai prénom… Qu'est-ce qu'ils n'inventent pas en France ! Changer, toujours changer. Chez eux, même les noms bougent. Mais j'oublie, *habibi*, que tu es devenu français, toi aussi…

Est-ce le prénom de Ludivine qui le déroute ? Ou son aspect ? Une jupe très courte, des bas résille, des chaussures à semelles compensées… La Française n'a pas plus de vingt-cinq ans. Elle a l'air ravie d'être ici et n'arrête pas de poser des questions. Malgré ses ongles peints en noir et son petit piercing à l'arcade sourcilière qui doit le déconcerter, Yassa semble l'avoir prise sous son aile.

– La petite a goûté à tous les mezzés de l'apéritif. Elle n'a pas aimé la *bamia* : je l'ai vu sur son visage. C'est normal. La consistance de ce légume choque les palais occidentaux. Monsieur José me disait qu'il avait eu du mal à apprécier la *bamia* lors de son premier séjour en Égypte. Dieu sait s'il en raffole aujourd'hui ! Je suis sûr que Ludivine s'y fera aussi.

Peut-être lui fait-elle penser à Hoda. Je me dis que toutes les filles, quel que soit leur âge, doivent lui rappeler Hoda…

Ce matin-là, à l'oasis, Yassa fumait en silence. On entendait l'âne braire dans le lointain. Il m'a parlé de sa famille. Et, par bribes, a fini par me confier beaucoup de choses.

Le ciel lui avait donné une fille et non un garçon, malgré toutes les prières de son épouse et celles des deux familles réunies. La déception de Névine avait été immense.

– Elle ne voulait pas me croire – personne ne voulait me croire – quand je disais que j'étais très heureux, moi, d'avoir une fille. Un amour de fille. Ma petite Hoda… J'entends encore ses cris quand le prêtre l'a plongée dans l'eau, à l'âge de trois mois. Un garçon aurait pu être baptisé quarante jours après sa naissance, mais pour une fille la période de purification est double. Impure, ma petite Hoda ? C'était impossible !

Névine n'allait avoir qu'un seul enfant – une fille, de surcroît. Ce n'était pourtant pas faute d'avoir essayé toutes les recettes de la terre.

– Elle a même fait le tour de la grande pyramide, à pied, plusieurs fois, dit Yassa. Et encore, qui sait ce qu'elle me cachait !

La petite Hoda, sur la balançoire, quelques années plus tard.

– Attention, *ya benti*, tu peux te faire mal !

Et elle, riant aux éclats, tendait les jambes pour aller encore plus haut.

Yassa m'a raconté le drame d'une voix à peine audible, le regard perdu dans le désert.

Névine et la petite, heurtées par un camion, sont mortes sur le coup. De sa femme, il n'a presque rien dit, et je n'ai pas osé lui poser de questions. Je crois que dans son cœur la fillette occupait toute la place.

– Pourquoi le bon Dieu m'a-t-il repris Hoda si vite ? Dix ans. Elle avait dix ans seulement ! Ma petite… Toutes ces voisines, ces tantes, ces cousines, aussitôt accourues, qui se frappaient les joues et la poitrine en poussant des cris perçants. Et cette folle, devant la porte, qui s'arrachait les cheveux… Hoda dans sa robe blanche, parfumée à l'eau de rose. « À la mort d'un enfant, ce n'est pas un veau qu'on sacrifie, mais une poule », répétait un vieil oncle aux trois

110

quarts gâteux, la mâchoire édentée, qui s'accrochait honteusement à la vie. Hébété depuis la veille, je ne m'étais occupé de rien. Le corbillard était recouvert d'un drap blanc brodé. À la mort d'un enfant, on ne met pas de noir.

Yassa s'est tu, comme si l'histoire était finie. J'ai cherché quelques mots de réconfort, mais n'ai pas eu à les prononcer.

– Mon frère, venu de son monastère, m'a longuement serré dans ses bras. Au retour, à la maison, du café sans sucre, du café de deuil, vraiment noir, a été servi à toute cette foule. Les cadeaux en nature s'amoncelaient dans la cuisine pour nous aider à organiser les différentes réceptions. Ah, toutes ces réceptions ! Cérémonie du troisième jour, visite du septième et du quinzième jour, les femmes le matin, les hommes le soir. Et, enfin, la cérémonie du quarantième jour… Quarante jours pendant lesquels l'archange Michel pèse les bonnes et les mauvaises actions pour déterminer le sort du défunt. Mais le prêtre l'avait assuré, mon frère aussi : ma petite Hoda ne pouvait aller qu'au paradis.

Au début, m'a raconté Yassa, il ne voulait pas admettre la mort de sa fille. Il continuait à acheter les bonbons qu'elle aimait. Il lui est même arrivé plusieurs fois de se rendre à l'école pour aller la chercher. Il se sentait responsable de cet accident, ressassant la manière dont on aurait pu l'éviter.

– J'avais conservé la poupée que Hoda aimait. Le jour où je l'ai offerte à une petite orpheline de Faggala, recueillie dans la rue par les Sœurs, mon esprit s'est apaisé.

21

Depuis que Flora est entrée, elle attire tous les regards. Il faut dire que la céramologue, plus blonde que jamais, ne fait rien pour passer inaperçue. Cette robe moulante, très décolletée… Et ce petit chien aux poils soyeux niché entre ses seins…

Brahounec, horrifié :

– Quoi ! Tu vas emmener ce caniche à l'oasis ?

– Mykérinos n'est pas un caniche, mais un loulou de Poméranie.

Le déboucheur de champagne revient de la cuisine.

– Alors, Yassa, il paraît que tu auras un passager supplémentaire après-demain ?

– Ne m'en parle pas, *habibi* ! Cette saison de fouilles s'annonce difficile. Et monsieur José, pris par des obligations au Caire, ne nous rejoindra qu'à la fin de la semaine. « Pour le voyage, Yassa, faites pour le mieux », m'a-t-il dit. « Et pour le chien, je vous laisse voir. »

Brahounec a raison : un chantier archéologique n'est pas un zoo. Flora fait déjà tourner la tête aux ouvriers. Je les vois assez bien la surnommer *Om el-kalb*, la mère du chien. Et s'apostropher en riant sous cape : « Fils de chien, cesse de manger des yeux la mère du chien ! »

Mais non, Flora est trop sérieuse pour mélanger le loulou et la céramique. Elle laissera certainement son chien à la maison de fouilles, en le confiant aux domestiques.

Après tout, Mykérinos peut leur réserver une bonne surprise. De là qu'il s'aventure un jour dans l'un des couloirs du caveau, se glisse dans un trou, puis aboie furieusement en les mettant sur la piste d'un coffre ou d'un sarcophage… Allons, allons ! Ces choses-là n'arrivent qu'à Milou dans *Les Cigares du pharaon*.

Sur le chantier, le premier souci de Flora est de compter les pièces mises au jour, en notant leur emplacement. Le tri vient ensuite. Elle fait dessiner sur le sol un grand rectangle subdivisé en cases.

– Allez, on va jouer à la marelle !

En principe, le moindre objet doit être conservé.

– Où voulez-vous qu'on entrepose tous ces déchets ? protestait Yassa.

S'il n'avait tenu qu'à lui, l'ensemble aurait fini à la décharge. Flora elle-même ne savait plus où mettre tous ces plateaux et écuelles, de fabrication assez grossière, baptisés terrines.

– La terrine est la terreur du céramologue, soupirait-elle.

Je n'ai pas écrit dans mon article que, discrètement, des paniers entiers étaient déversés dans une fosse, à l'écart. L'inspecteur lui-même fermait les yeux. Il ne les ouvrait tout grands que pour les plonger dans le décolleté de Flora.

J'émergeais du sommeil chaque matin avec la fébrilité de l'enfant de jadis, en vacances près d'Alexandrie. Dans mes rêves, tout se mêlait : la maison de fouilles, les volets bleus d'Agami, la bicyclette au goût de sel, les bouées, les seaux de plastique, les pelles, les truelles, les paniers des ouvriers, l'avant-cour de la tombe, la stèle fausse-porte…

La journée commençait vers six heures, au lever du jour. On prenait un rapide café dans la salle à manger avant de se rendre en voiture sur le chantier. Ce mois de février était particulièrement froid. Au petit matin, le thermomètre descendait parfois en dessous de zéro. Il fallait se munir d'un foulard, d'un bonnet et de gants. Les ouvriers, eux, ne portaient qu'une petite veste au-dessus de leur *gallabeya*. J'étais mal à l'aise en les voyant si mal équipés, malgré les assurances de Yassa (« Ce sont des paysans, ils ont l'habitude »).

Je redécouvrais le désert. Je ne me souvenais pas que le froid avait une odeur.

À mesure que la journée avançait, les vêtements tombaient l'un après l'autre.

– On épluche l'oignon, disait Flora, qui terminait la matinée les épaules nues, affolant les ouvriers.

Le chantier ressemblait à une ruche bourdonnante : sous un désordre apparent, chacun remplissait une fonction précise. Les membres de la mission étaient assis, accroupis ou à genoux sur le sol, avec leurs racloirs, leurs brosses, leurs stylos et leurs carnets.

Des ouvriers remplissaient des paniers, d'autres allaient vider les brouettes au pied de la colline. La moisson était très inégale d'un jour à l'autre. Yassa commentait avec philosophie :

– *Yom assal we yom bassal.*

Un jour miel et un jour oignon… Ce proverbe était devenu comme un code entre nous.

– *Yom assal ?* demandais-je quand il venait d'engueuler un domestique ou un fournisseur.

– *Bassal !* s'exclamait-il avant de retrouver le sourire.

L'après-midi, j'allais parfois rejoindre Flora dans la salle de travail pour l'aider à nettoyer les céramiques et à les classer. Elle me dictait : « stéatite beige », « calcite rubanée », « serpentine », « diorite noire marbrée de blanc »… Je notais : « Coupe à fond arrondi, légèrement surcuite. Carène peu prononcée. »

L'inspecteur, le docteur Safouat, ne manquait jamais de faire un tour à la salle de travail quand Flora y était. Il faisait pas mal de manières. Un jour, après son départ de la pièce, la Française s'écria :

– Quelle colle, ce type ! La prochaine fois, je lui flanque une baffe… Tiens, on devrait le mettre en fiche. Quelle est sa composition, selon toi ?

– C'est une bonne pâte.

– Pas du tout. Écris : « Mauvaise composition. »

– Et son état ?

– Moyen.

– Oh non ! Marque : « Complètement fêlé. »

22

– Venez ! lance Dina aux membres de l'équipe archéologique. Je vais vous montrer des vestiges que vous ne connaissez pas.

Ils échangent un regard amusé : je les avais prévenus qu'ils ne couperaient pas à la visite.

Mykérinos a devancé tout le monde dans l'escalier, aboyant joyeusement. Ça n'a pas l'air de gêner Dina. Alex avait deux grands lévriers. Ils ne manquaient pas d'allure, à l'arrière de sa Jeep, quand nos voitures se suivaient à distance, au milieu des champs de figuiers, pour atteindre la plage d'Agami. Avec ses quatre roues motrices, Alex était sûr de ne pas s'enliser, et il l'expliquait avec force détails techniques. Ce qui agaçait mon père, obligé, lui, de transporter des planches dans son coffre pour le cas où le sable le piégerait.

– Ton frère ne risque rien, disait-il à maman. Sa légèreté le maintiendra toujours à la surface.

Arrivée au deuxième étage, Dina prend comme d'habitude le trousseau de clés dans la niche, avant de se diriger vers le fond du couloir.

– Charles, je t'en prie, ouvre-moi cette porte, me

lance-t-elle. Je ne sais jamais comment fonctionne la serrure.

Le vieil interrupteur rotatif a embrasé les lustres à pendeloques. L'odeur de feutre et de naphtaline me saisit, une fois de plus. Dans la douzaine de vitrines trônent les tarbouches grenat.

– Qu'est-ce que vous en dites ! s'exclame Dina, ravie de surprendre ses invités. Vous avez là, sous les yeux, tous les modèles fabriqués par mon beau-père pendant trente-cinq ans.

– Depuis quand les Égyptiens ne portent plus le tarbouche ? demande Ludivine.

– Depuis la Révolution, chérie. Depuis l'arrivée de Nasser, Dieu l'emporte !

J'interviens pour préciser :

– L'une des premières mesures prises par les officiers putschistes en 1952 a été de supprimer le port du tarbouche dans l'administration. Du jour au lendemain, cet emblème national est devenu un symbole de l'ancien régime.

Mon grand-père ne pouvait que s'incliner, mais il l'a fait à sa manière, avec panache.

2 février 1953
Papa est très fier de son coup d'éclat, à l'occasion de l'anniversaire des six premiers mois de la Révolution. Rendant compte du défilé, tous les journaux ont parlé du char Batrakani, au tarbouche géant, duquel se sont envolés cent cinquante pigeons. Mais c'était... un chant du cygne : l'usine sera fermée le mois prochain. « L'Égypte ne portera plus le tarbouche, elle vivra nu-tête, à ses risques et périls »,

dit papa amèrement. Il voulait créer un musée du Tarbouche quelque part en ville, mais Makram l'en a dissuadé. Les nouveaux maîtres du pays s'en seraient offusqués : l'heure est au kaki et au képi. Papa s'est rabattu sur un petit musée privé, à domicile, dans les anciennes chambres de Paul et d'Alex, inoccupées depuis leurs mariages respectifs. On percera le mur pour les faire communiquer. Une série d'armoires en acajou a été commandée au menuisier de Choubra.

– Le tarbouche ressemble à un pot de fleurs renversé, remarque Ludivine.

Madeleine Lachaud la fusille du regard, mais Dina éclate de rire :

– C'est vrai, c'est exactement ça. Un pot de fleurs à l'envers. Je me souviens pourtant que certains hommes le portaient avec beaucoup d'élégance, en l'inclinant sur le côté.

Elle ouvre l'une des vitrines, prend un tarbouche et me le pose sur la tête en l'ajustant des deux mains :

– Tu es superbe ! On dirait que tu es né avec.

Les archéologues approuvent en riant. Je me sens un peu ridicule.

C'est la première fois que Dina me traite de manière aussi familière. J'ai toujours senti chez elle une certaine distance, comme une réserve. Je ne sais pas ce qu'elle pense de moi. Pourtant, le fait que je revienne régulièrement en Égypte semble la toucher, et elle est fière de me présenter à ses amis.

Au début, je pensais que sa réserve était liée à mon attitude, mes manières occidentales, ma façon de parler. Mais cela tient sans doute à une raison plus ancienne. En voulait-elle à mon père d'avoir été choisi par Georges Batrakani comme successeur ? Sélim plutôt qu'Alex. Le gendre, et non le fils…

– Toi, Sélim, disait Georges bey à papa, tu n'as pas fait tes études chez les jésuites, contrairement à mes fils. Tu t'es contenté, comme moi, du collège des Frères. Nous n'avons pas fait de latin, mais au moins avons-nous appris à compter.

Dina en veut-elle encore à mon père ? Elle sait pourtant que, parmi les fils de Georges bey, Alex était le dernier à pouvoir diriger l'affaire. Elle connaissait trop bien son mari pour ne pas s'en rendre compte. En tout cas, devant moi, elle n'a jamais manifesté de ressentiment. Au contraire :

– Ton père avait beaucoup de charme, tu sais ? m'a-t-elle murmuré lors de mon premier séjour chez elle.

Sélim devait l'impressionner. Plus âgé qu'elle, il était entré plus tôt dans la famille et avait été adoubé par son beau-père.

Elle choisit un autre tarbouche et en lisse amoureusement la crinière de fils noirs du revers de la main :

– Ça, c'est le Malaki. Un des plus beaux modèles jamais fabriqués en Égypte. Touchez un peu la douceur du feutre.

Dina dit « le Malaki » au hasard, comme elle dirait « le Damanhour » ou « le Biladi ». Le mot sonne bien, et ça lui suffit. Avec elle, je retrouve l'imprécision de nos familles, cette propension à soutenir des choses approximatives, devenues vraies à force d'avoir été répétées.

– Le Malaki devait bien coûter quatre-vingt piastres. En ce temps-là, une piastre était une piastre. Et les riches étaient de vrais riches, pas des va-nu-pieds !

Brahounec et Saint-Sauveur n'ont pu s'empêcher d'échanger un sourire. Ça ne doit pas leur arriver souvent.

Dina continue à faire l'article en se forçant un peu. Le tarbouche est d'une autre génération, celle de son père et de son grand-père, non des jeunes gens qu'elle côtoyait.

Au bout de dix minutes, elle pousse son exclamation habituelle :

– Allez, ça suffit, *kefaya* ! Ces objets me font trop de peine. Il faut d'ailleurs que j'aille saluer mes autres invités. *Habibi*, me dit-elle, tu veux bien refermer la porte à double tour ?

En bas, Loutfi Salama accueille les nouveaux venus, présente les uns aux autres, offre à boire, convoque les serveurs d'un mouvement de tête, en vrai maître de maison.

23

Tout à l'heure, au déjeuner, j'ai profité de notre
tête-à-tête pour interroger Dina sur les circonstances
de son retour en Égypte. Elle a répondu par une bou-
tade, mais je suis revenu à la charge, et elle a fini
par me dire :

– Au Liban, entre les bars de Hamra et les tables
de poker du casino, Alex était comme un poisson
dans l'eau. Un vrai gamin. Il m'en a fait voir de toutes
les couleurs. Bien sûr, il flottait à Beyrouth un air
de liberté qui était grisant, mais nous dansions sur
un volcan.

Elle ne s'est pas étendue sur la guerre civile qui
avait donné une nouvelle jeunesse à son mari.

Genève, 12 novembre 1975
Dans ses lettres, Alex vante les exploits de « nos
croisés ». Il a l'air de vivre dans un état d'excitation
permanent. Fini les projets mirobolants, les disser-
tations sur les voitures, le billard ou le poker. Il ne
parle plus que de technique militaire et de stratégie.
Si Raouf, le fils cadet de Lola, risque sa vie à tout
moment dans la milice chrétienne des Gardiens du

Cèdre, Alex, lui, est un combattant du Verbe. Il commente chaque offensive avec véhémence, à la manière d'un supporter de football. On croirait qu'il a fait Saint-Cyr ou West Point. Mais seule une kalachnikov le sépare de Raouf. Plus Libanais que les Libanais, ils ont l'air de se venger, l'un et l'autre, de siècles d'humiliations qui avaient fait de nous des citoyens de seconde zone.

Alex s'est déchaîné lors de la tragique guerre des hôtels quand des tireurs semaient la mort du haut des terrasses. On aurait dit que sa grande connaissance des bars beyrouthins lui donnait autorité sur les étages du dessus. Mon frère Pierre, qui avait pris le parti des Palestiniens, le traitait de fasciste. Lors d'un déjeuner familial, ils avaient failli en venir aux mains.

De Paris, où ces échos me parvenaient, j'essayais de me boucher les oreilles. Les atrocités commises par des milices chrétiennes étaient le pendant des salles de torture islamo-palestino-progressistes. J'avais tourné le dos à l'Égypte. J'étais rattrapé par le Liban.

– Alex est mort en quelques minutes, d'une rupture d'anévrisme, m'a précisé Dina. J'ai préféré rentrer au Caire.

Puis, dans un murmure :

– Et l'homme que j'aimais avait choisi de rester avec sa femme. Plus rien ne me retenait à Beyrouth.

Elle a posé sa main sur la mienne, comme pour me rendre dépositaire de ce secret. Mais elle l'a retirée aussitôt, a saisi son verre et changé de sujet.

Après la mort d'Alex, Dina décida donc de rentrer au Caire plutôt que de se réfugier, comme tant d'autres ex-Égyptiens, en Europe ou au Canada. Et, à la surprise générale, elle manifesta le désir de s'installer, seule, dans la maison de ses beaux-parents.

Je me rappelle que maman avait trouvé l'idée excellente. Papa, au contraire, ne cachait pas sa désapprobation :

– C'est ridicule, c'est même dangereux. Je ne vois vraiment pas ce que Dina ira faire au Caire, disait Sélim bey, qui en faisait presque une affaire personnelle.

Mais l'initiative reçut l'appui du Père André, ravi de voir un membre de la famille revenir en Égypte. Depuis le temps qu'il déplorait l'exil des chrétiens… Le jésuite régla l'affaire tambour battant : Dina occuperait gratuitement la maison, mais prendrait en charge l'entretien, le maigre salaire de Mahmoud et les impôts locaux.

C'est à cette époque que j'ai commencé à sortir de l'amnésie. Avec Sadate, l'Égypte avait changé d'orientations, pour se rapprocher des États-Unis, conclure la paix avec Israël et libéraliser son économie. Le président égyptien était la coqueluche des Occidentaux, et son épouse une *first lady* très admirée. Même l'oncle Paul, à Genève, trouvait que Jihane avait « un petit air européen ». Dans sa bouche, ce n'était pas un mince compliment.

– Toi ici ! s'exclame Nadia Nassib en me voyant.

Nous nous embrassons. Son parfum me la ferait reconnaître dans une foule les yeux fermés. C'est le parfum du retour…

Rafik et Nadia Nassib sont plus jeunes que moi. Je ne les connais que depuis sept ou huit ans, mais on pourrait nous prendre pour des amis d'enfance. Entre nous, le courant est passé immédiatement. Le fait qu'ils n'aient jamais quitté l'Égypte, sinon pour de brefs séjours touristiques en Europe, n'y change rien. Issus de familles proches, nous avons évolué parallèlement, à distance.

Les Nassib sont de grands amis des Josselin. Ces deux couples me donnent toujours l'impression de s'être vus la veille, dans une autre réception. Leur Caire est un village où se retrouvent en permanence les mêmes personnes, égyptiennes ou étrangères, chrétiennes ou musulmanes.

Rafik a bien réussi dans l'import-export, servi par un réalisme levantin sans complexe. Il n'a pas son pareil pour raconter avec humour de petits faits de la vie quotidienne, mais ce soir il est moins gai que d'habitude. J'ai d'abord cru qu'il avait un ennui de santé.

– Lundi dernier, confie-t-il, ma secrétaire – une merveille de secrétaire, comme il n'y en a pas deux au Moyen-Orient – est arrivée au bureau voilée. Attention, pas voilée avec un simple *hijab*, comme elles le sont à peu près toutes maintenant : non, voilée-voilée, avec une longue robe noire et les mains gantées. On ne voyait que la moitié de son visage. J'ai d'abord cru à une farce. Elle aime bien plaisanter… Je lui ai dit : « Samia, enlève ça. Les Milanais qui arrivent tout à l'heure risquent de mal le prendre. » Elle m'a regardé, le visage fermé. Puis, d'une voix grave, elle m'a débité tout un argumentaire sur le voile, en citant des sourates du Coran. Je n'en croyais pas mes oreilles. La veille encore, cette fille délicieuse affolait tous les avocats des bureaux voisins. J'ai fini par la menacer : « Samia, si tu ne retires pas ce voile immédiatement, je te mets à la porte ! Je ne plaisante pas. » Elle a rangé ses affaires et elle est partie, sans même exiger son salaire et ses indemnités, que je lui ai bien sûr versées.

Il tire nerveusement sur sa cigarette :

– Quand je pense que leurs grands-mères s'étaient battues, et avec quel courage, pour obtenir le droit de ne plus se voiler !

14 octobre 1923
Mme Hoda Chaaraoui, fondatrice de l'Union féministe égyptienne, défraie de nouveau la chronique. Elle ne se contente plus de réclamer le droit de vote pour les femmes, l'instruction publique pour les filles

et l'encadrement de la polygamie. Revenant du Congrès mondial des femmes à Rome en compagnie de Mme Ceza Nabaraoui, elle a été accueillie en gare du Caire par diverses personnalités et de nombreux amis. En descendant du train, les deux suffragettes ont retiré leur voile et se sont avancées ainsi sur le quai. Plusieurs dames de l'assistance les ont imitées, au milieu des applaudissements, malgré la désapprobation de leurs eunuques. Il paraît que des larmes coulaient sur le visage de Mme Chaaraoui.

– Aujourd'hui, dit Rafik, la majorité des musulmanes portent le *hijab*. Autant dire que les chrétiennes sont repérées. Quel progrès ! Mais ça ne durera pas. Elles seront obligées de se voiler à leur tour pour ne pas se faire injurier dans la rue.

Il ajoute d'une voix sourde :

– Bientôt nous n'aurons plus notre place en Orient.

Il vient d'acheter un appartement à Paris. Se serait-il mis dans la tête d'émigrer, lui aussi ? Cette idée m'est insupportable. J'aimerais savoir Rafik et Nadia éternellement en Égypte, perpétuant notre présence dans ce pays, alors que je n'imaginerais pas m'y installer moi-même. Leurs enfants, scolarisés dans des écoles ex-françaises et bientôt diplômés de l'Université américaine du Caire, sont parfaitement trilingues. L'Égypte est leur pays. Mais moi ? Comment pourrais-je y vivre ? Avec quel statut ? Je ne me considérerais ni comme un étranger ni comme un Égyptien. Tout juste un *khawaga* entre deux eaux.

Juifs, Musulmans, Coptes, Grecs-orthodoxes, Grecs-catholiques... Égyptiens de souche, Égyptianisés... Syriens, Grecs, Italiens, Arméniens-catholiques, Arméniens-orthodoxes... Chacun se définissait à la fois par sa confession et son origine nationale. Des « colonies », selon le terme en usage, mais qui n'avaient rien à voir avec le colonialisme. Nous n'avions colonisé personne !

On vivait côte à côte, on vivait ensemble, sans se mélanger. Chacun avait une identité claire qui lui permettait d'entrer en relation avec les autres. Les amitiés étaient solides, mais n'allaient pas jusqu'au mariage. Les rares transgressions à cette règle créaient des drames.

Michel en savait quelque chose. Sa seule aventure amoureuse – et le mot aventure est excessif – aura tourné court. Il participait aux réunions d'un petit groupe d'intellectuels et d'artistes, Les Essayistes, dont faisait partie une jeune pianiste qui était la cousine de son ancien camarade de classe Victor Lévy.

2 septembre 1938
Ma conférence sur « Les effets de rythme dans la poésie de La Fontaine » a été très applaudie. Du piano, où elle était assise, Lidy m'a fait un petit signe qui valait tous les compliments. Je me suis approché d'elle et, sans réfléchir : « Lidy, voulez-vous devenir ma femme ? » Elle m'a regardé avec stupéfaction. « Mais Michel... je suis juive... » Puis, au bout d'un instant, comme pour effacer cette remarque : « Il y a autre chose, Michel... Je suis malade... »

21 octobre 1942
Pauvre Lidy ! Pour fêter la victoire d'El-Alamein,
je suis allé lui porter du champagne à l'hôpital avec
Victor Lévy. Elle a eu à peine la force d'y tremper
les lèvres, mais son regard scintillait.

Grecs, Italiens, Arméniens, Syro-Libanais… Nous
avons quitté l'Égypte en masse au début des années
1960. De notre propre gré, sur la pointe des pieds.
« Sans tarbouche ni trompette », comme l'écrit
Michel dans son journal. Pourquoi nous a-t-on laissé
partir ou poussés dehors ? Depuis l'affaire de Suez,
le climat avait changé et tout semblait se déstructu-
rer. Après les Anglais, les Français et la plupart des
juifs, on a vu s'en aller, sans raison apparente, des
milliers de familles. S'étant débarrassé du colonialisme, le pouvoir nassérien rejetait dans la foulée tout
ce qui n'était pas strictement national.

Cette explication collective de l'exil ne me satisfait qu'à moitié. Chacun de nous est parti aussi pour
des raisons personnelles. Qu'est-ce que je cherche
en revenant régulièrement ici ?

Il y a dans nos familles d'exilés beaucoup d'affa-
bulateurs et d'amnésiques. Les premiers racontent
leurs châteaux en Égypte, se persuadant qu'ils vivaient
au paradis, sur un très grand pied. Les seconds n'en
finissent pas d'effacer les traces de leurs pas, mais
ils oublient parfois d'oublier, et tôt ou tard le passé
finit par les rattraper.

Les uns et les autres ont tourné la page, sans l'avoir
toujours bien lue. Pourquoi nos ancêtres s'étaient-ils

établis sur les bords du Nil ? Pourquoi y avaient-ils si vite trouvé leur place ? Et pourquoi, un jour, a-t-il fallu partir ? La greffe semblait pourtant avoir bien pris. N'avons-nous pas été victimes d'événements qui nous dépassaient ? Qui auraient pu être évités ? Si l'occupant britannique avait été moins arrogant… Si le roi Fouad avait régné un peu plus longtemps…

– Avec des si, on pourrait mettre Paris en bouteille, disait ma grand-mère.

Que venait faire Paris dans cette affaire ?

Josselin me tire de ma rêverie :

– Je ne savais pas que tu travaillais sur Bernard Bruyère !

C'est Dina qui a dû le lui dire, ou alors ce bavard de Loutfi Salama.

– Travailler est un grand mot. Je t'aurais d'abord consulté, tu penses bien. Disons que je m'intéresse à Bernard Bruyère. Quel personnage, n'est-ce pas ! Il faudrait qu'on en parle à tête reposée. Ce n'est pas urgent…

Heureusement, J&J a aperçu derrière moi un industriel français, de passage au Caire.

– Excuse-moi, dit-il, j'ai une chose urgente à demander à ce monsieur.

Et le voilà en train d'entreprendre son compatriote, sans doute à propos d'un ou deux ordinateurs supplémentaires dont la mission archéologique aurait bien besoin.

25

Ce sera demain, au petit déjeuner. J'attendrai que Dina ait bu sa première tasse de café turc et commenté les événements de cette soirée. Je lui dirai d'une voix aussi douce que possible : « Dina, il faut que je te parle. » Ou plutôt : « Dina, je dois te dire quelque chose. » Il ne faudra pas que Mahmoud vienne perturber notre conversation. Ou plutôt, si, j'espère que Mahmoud, ou un coup de téléphone, viendra nous interrompre, pour faire baisser la tension. « Il n'y a pas le feu, lui dirai-je. Tu as le temps de te retourner… »

Tout à l'heure, juste avant l'arrivée des invités, j'ai fait un tour dans l'entresol, où nous jouions, enfants. La table de billard est toujours là, couverte de poussière. Quelques objets oubliés traînent sur les étagères. Je n'arrive pas à me faire à l'idée que ces derniers vestiges vont disparaître.

Dans l'autre partie de l'entresol, en face de notre salle de jeux, Mahmoud occupe la pièce qui était dévolue à son prédécesseur, Rachid. Mais Rachid, lui, était aidé de deux bonnes, sans compter le cuisinier à demeure, le jardinier et le chauffeur.

J'ai quatre ans. On m'a hissé sur le capot de la Topolino de mon père. Rachid est debout près de l'auto et me tient par la main. Cette photo est le seul souvenir que j'aie de lui. Il sourit de toutes ses dents, si l'on peut dire, car ses deux incisives sont manquantes. Quelques mois plus tard, on apprendra sa mort.

Engagé très jeune chez les Batrakani, Rachid a vu grandir mes oncles maternels, puis ma tante Lola, puis maman… Il a toujours fait partie de la famille. Son frère Hassan, un militant nationaliste, avait été tué en 1919, lors des manifestations pour l'indépendance. C'est Rachid qui a financé les études de son neveu, Hassan, cet orphelin qui s'obstinait à vouloir devenir officier. L'Académie militaire n'accueillait pas avant-guerre des gens d'aussi petite condition. Hassan Sabri fut recalé, et humilié, une première fois, puis une deuxième. Mais le traité anglo-égyptien de 1936 allait lui permettre de réaliser son rêve, l'armée ayant besoin d'un plus grand nombre d'officiers.

Nous avions oublié son existence. Dans la famille Batrakani, on évoquait souvent Rachid, jamais son neveu. Un matin, au début des années 1960, il se présenta à notre villa d'Héliopolis, demandant à voir mon père. Il avait pris du galon. Le capitaine d'avant la Révolution était devenu un lieutenant-colonel plein d'assurance, « chargé de missions spéciales ».

– Il devait bien savoir pourtant que je ne suis jamais à la maison dans la journée ! commenta mon père ce soir-là.

Cette visite avait-elle un lien avec un contrôle fiscal en cours ? Sélim fut convoqué ensuite au ministère de l'Intérieur et questionné de manière assez brutale sur une supposée fuite de capitaux à l'étranger. Il se persuada que ses ennuis ne faisaient que commencer. Lui qui s'était promis de ne jamais quitter l'Égypte décida alors, la mort de l'âme, de s'exiler, comme tant d'autres le faisaient autour de lui.

Mais comment obtenir une autorisation de sortie du territoire ? C'est maman qui décida de solliciter Hassan Sabri. Prenant son courage à deux mains, elle se rendit un matin à la caserne d'Abbassia. L'officier la reçut dans son bureau. Derrière lui, un grand portrait de Nasser, à la mâchoire carnassière, semblait vouloir la dévorer.

– Je suis venue vous demander un service, dit-elle d'une voix mal assurée. Nous voudrions aller voir de la famille au Liban cet été…

– Ce n'est pas moi qui délivre les visas, répondit-il d'un ton sec.

– Je sais. Mais j'ai pensé…

Il se leva et s'avança lentement vers elle, comme s'il tenait enfin sa proie. Affolée, elle faillit se précipiter vers la sortie, quand une phrase lui vint sur les lèvres :

– Votre oncle Rachid faisait partie de notre famille. Il me considérait comme sa fille.

Hassan Sabri, désarçonné, ne sut que dire. Profitant de son avantage, elle demanda d'une voix ferme, presque impatiente :

– Alors, pour ce visa, je peux compter sur vous ?

Cet épisode a été cent fois raconté en famille. Je ne l'ai remis en question que bien plus tard, quand j'ai commencé à me plonger dans le journal de Michel.

Le lendemain de la mort de son oncle, Hassan Sabri sonna à la porte des Batrakani. Il portait un uniforme de capitaine. C'était un dimanche, toute la famille était réunie au salon.

10 avril 1949

[...] Il avait le visage fermé, comme s'il nous reprochait de bavarder en pleines obsèques. Le temps que papa se lève et l'emmène au bureau, ce Hassan s'est tourné vers Viviane et l'a regardée dans les yeux de manière étrange. Sélim devait être aussi mal à l'aise que moi.

Au bout de dix minutes, papa est revenu au salon d'assez mauvaise humeur. « Ce malappris a commencé à me réclamer toutes les affaires de son oncle. Comme si j'allais garder les gallabeyas *de Rachid ! Visiblement, il nous déteste. Encore un à qui la guerre de Palestine est restée en travers de la gorge ! Quand je pense que j'étais intervenu en sa faveur il y a une dizaine d'années, à la demande de Rachid, pour faciliter son entrée à l'Académie militaire... »*

J'ai souvent relu ce passage. Michel parle du regard « étrange » de l'officier, qui l'avait mis « mal à l'aise ». N'aurait-il pas surpris plutôt un échange de regards entre Hassan Sabri et maman ?

Pourquoi, treize ans plus tard, prendrait-elle l'initiative – et le risque – de se rendre à la caserne d'Abbassia ? Que s'était-il passé exactement entre elle et l'officier ? Comment était-elle habillée ce jour-là ? Aguichante, pour le séduire et l'amadouer ? Ou, au contraire, en habit de deuil, pour l'apitoyer ?

Pourquoi, me demandais-je, Hassan Sabri nous avait-il obtenu ce visa de sortie ? Il ne nous aimait pas. Dans son livre de souvenirs, *Itinéraire d'un officier*, il raconte comment l'Académie militaire lui avait été fermée à deux reprises, et attribue le succès de sa troisième tentative au traité anglo-égyptien. À aucun moment, il ne fait allusion à une démarche de mon grand-père en sa faveur. Peut-être l'ignorait-il, après tout.

26

– Personne n'aurait imaginé que les Égyptiens se seraient rués dans les salles de cinéma pour applaudir Sadate !

Le succès inattendu du film de Mohammed Khan donne lieu à une vive discussion sur la terrasse. Y participe un violoniste de l'opéra du Caire que j'ai déjà vu deux ou trois fois chez Dina. Ce musicien professe un nationalisme ombrageux et se montre volontiers chicaneur.

– Même sa manière de jouer est procédurière, dit Loutfi Salama qui ne l'aime pas.

Le violoniste s'étonne :

– J'ai vu *Ayam Sadate* deux fois. Je ne comprends pas ce qui vous a plu dans ce film. Moi, je n'en ai retenu qu'une seule scène : celle où le dictateur explique à sa femme comment il manipule les médias.

– Vous devriez le voir une troisième fois, dit Loutfi Salama avec agacement.

J'ai surtout été frappé, moi, par la scène de l'attentat. À la tribune officielle, Sadate était sanglé dans un uniforme d'opérette. L'un des camions militaires du défilé s'est arrêté à sa hauteur, comme s'il était en panne ; un soldat portant une mitraillette en est descendu et a commencé à tirer…

Dans le film, Ahmed Zaki incarne Sadate de manière saisissante. Il y a quelques années, il s'était coulé dans le personnage de Nasser avec le même talent.

– Ahmed Zaki serait même capable de jouer la reine Hatchepsout ! dit quelqu'un.

Cette discussion sur les années Sadate me refait penser à l'officier. Sa mort, je l'ai apprise par hasard, avec une quinzaine d'années de retard, en feuilletant des journaux à la bibliothèque de l'Institut du monde arabe à Paris. Une revue égyptienne consacrait un dossier commémoratif à la guerre d'octobre 1973 et rendait hommage aux « martyrs ». Le nom du « *lewa* Hassan Sabri » me fit un choc. Membre de la troisième armée, il avait été victime d'un tir de blindé lors de la contre-offensive israélienne sur le canal de Suez.

Lewa : avant sa mort, Hassan Sabri avait donc été promu général. La revue évoquait son origine modeste et ses difficultés à entrer à l'Académie militaire. Elle faisait allusion au livre de souvenirs qu'il avait publié, sans en rappeler le titre. L'article lui attribuait cinquante-quatre ans au moment de sa mort. J'aurais dit cinquante-trois, me souvenant qu'il était né la même année que le roi Farouk.

J'ai hésité à informer maman du décès de l'officier. N'allais-je pas réveiller chez elle des souvenirs douloureux ? Ou alors l'amener à révéler des sentiments que je ne voulais pas connaître ? À quoi bon remuer le passé ? Mais je ne me sentais pas le droit de lui cacher ce que je venais d'apprendre.

Sa réaction m'a étonné :

– Ça me fait quelque chose. Je crois que cet homme a toujours été amoureux de moi depuis l'enfance. Oui, depuis l'enfance… Je devais avoir sept ans quand Hassan Sabri est venu à la maison la première fois pour voir son oncle Rachid. Nous habitions encore Choubra. Il était à peine plus âgé que moi. Je me rappelle que passait à ce moment-là, dans la rue, Abou Semsem, le porteur de la boîte à merveilles. Tu n'as pas connu Abou Semsem… Tous les enfants du quartier accouraient, dans l'espoir de pouvoir jeter un regard dans ses lentilles magiques. Hassan est descendu les rejoindre. Moi, je n'avais pas le droit : j'ai dû me contenter de rester à la fenêtre.

Elle semblait le regretter encore.

– J'ai revu Hassan Sabri une deuxième fois, des années plus tard, quand il est venu annoncer à son oncle qu'il voulait devenir officier. « Tu es fou ! disait Rachid, ils ne voudront jamais de toi. Pourquoi ne deviens-tu pas fonctionnaire, *mouazzaf*, à la Poste par exemple ou aux Chemins de fer ? Le bey connaît certainement des gens dans l'administration. Il pourrait certainement te recommander… » Mais Hassan ne voulait rien entendre : il serait *zabet*, officier, et rien d'autre.

La voix de maman se fit plus douce. Visiblement, la jeune fille d'alors n'avait pas été insensible au charme de ce garçon de seize ans.

– Un matin, alors que je m'apprêtais à aller faire ma partie de tennis au club, il a débarqué chez nous à Héliopolis. Devenu *bikbachi*, il était plein d'assurance. Il m'a laissé sa carte de visite. Il avait un portefeuille en lézard. C'est curieux comme certains détails ne s'oublient pas…

Elle m'a raconté une nouvelle fois la fameuse scène à la caserne d'Abbassia. Toujours dans les mêmes termes, mais avec plus d'indulgence pour l'officier, comme si sa mort modifiait un peu les faits.

J'étais soulagé. Hassan Sabri n'était plus de ce monde. Et la manière sereine dont elle parlait de lui dissipait les soupçons que j'avais pu nourrir sur leurs relations.

27

Au secours ! Madeleine Lachaud, qui a chaussé ses lunettes à monture d'écaille, est en train de passer en revue la bibliothèque de l'entrée. Qui sait ce qu'elle doit en penser !

Je m'approche, espérant interrompre l'inspection de la restauratrice.

– Intéressante, cette bibliothèque, me dit-elle. Et moi qui croyais tout connaître de la comtesse de Ségur…

Comment faut-il prendre cette remarque ? Madeleine Lachaud est une langue de vipère. Je commets mon troisième ou quatrième mensonge de la soirée :

– Mon grand-père avait une belle bibliothèque. Malheureusement, après sa mort, la plupart des livres ont été dispersés.

À l'oasis, en février, les autres membres de la mission se vengeaient des remarques acides de la restauratrice par des taquineries de gamins. Un après-midi, Saint-Sauveur, nu comme un ver en sortant de la douche, l'a apostrophée dans le couloir :

– Madeleine, vous n'auriez pas vu mon pagne par hasard ?

Et le jour où elle reprochait au cuisinier de servir encore une fois de la tarte aux dattes, qu'elle jugeait bien lourde :

– Madeleine a raison, a lancé perfidement Tarovski : la tarte aux dattes donne des flatulences.

– Je n'ai pas dit ça, a grommelé l'intéressée.

Yassa s'est empressé d'arranger les choses :

– Que voulez-vous, mademoiselle Madeleine, nous sommes dans une oasis. Les dattes, ici, sont pour rien. Comme dit le proverbe : « Le vinaigre gratuit est plus doux que le miel. »

Il a toujours un proverbe local sous la main, Yassa, pour adoucir les malheurs de l'existence.

Première rencontre avec Madeleine Lachaud à Dakhla. Moi, pour dire quelque chose :

– J'imagine que vous réparez des objets abîmés ?

Et elle :

– Que voulez-vous que je répare ? Des moteurs d'avion ?

Quelques jours plus tard, j'ai passé tout un après-midi avec elle dans la salle de travail pour mieux comprendre son activité. Désireux de me rendre utile, je me proposais de gratter une lame rouillée.

– Laissez la rouille tranquille ! a-t-elle bougonné. Vous êtes tous pareils : dès que vous voyez une trace de rouille sur un objet, vous voulez aussitôt gratter. Gratter, gratter, c'est de la rage ! Ne comprenez-vous pas qu'en grattant, vous risquez d'enlever la peau de l'objet ? Commencez donc par me nettoyer délicatement cette lame d'herminette avec le chiffon.

Elle finissait, pour sa part, de recoller les morceaux d'un plat d'offrandes. Le résultat était impeccable. On ne voyait même pas les traces de brisure.

– C'est presque un travail de faussaire, ai-je fait, admiratif.

– Qu'est-ce qu'il ne faut pas entendre !

– Pardon. En réalité, vous êtes médecin. Vous soignez les objets malades.

Madeleine Lachaud dispense aussi les soins d'urgence. Parfois, il faut réagir vite, administrer les premiers secours pour empêcher qu'une pièce mise au jour ne se détériore définitivement. On voit arriver la restauratrice avec sa valisette de cuir à glissières. Elle asperge, badigeonne, vaporise. Entre ses mains expertes, les objets se raniment, en attendant des soins plus complets qui leur rendraient leur forme initiale.

Dans la salle de travail, cet après-midi-là, Madeleine Lachaud était particulièrement de mauvaise humeur :

– Les égyptologues n'ont pas de cœur ! Pensez donc : ce plat d'offrandes a passé plus de quatre mille ans dans le caveau du gouverneur avant d'être sorti à l'air libre et exposé à la lumière du jour. C'est aussi brutal qu'un accouchement.

Elle n'avait pas de mots assez durs pour ses collègues :

– Eux, ils détruisent ; moi, je recolle.

– Pourquoi dites-vous qu'ils détruisent ? me suis-je étonné.

Elle s'est enflammée :

– Où avez-vous les yeux ? Vous ne voyez pas ce massacre ? Ces murets de brique qu'on dépose et qui ne pourront jamais être remontés ? Ces squelettes qui tombent en poussière dès qu'on s'avise de les déplacer ? Et tous ces pauvres objets qui ne demandaient qu'à rester à leur place et qu'on arrache à leur contexte ? Si encore ils étaient sûrs de se retrouver dans un musée ! Mais non : la plupart vont finir au fond d'un dépôt où ils seront moins bien conservés que dans le sable. Je vous étonne ? C'est que vous devenez archéologue, vous aussi ! L'*Homo archeologicus* réfléchit peu : il est au ras du sol. Il se fiche des conséquences de ses actes. On ne fouille qu'une fois. Ensuite, c'est fini : impossible de revenir en arrière. L'archéologue détruit une partie de ce qu'il étudie. Joli métier, ma parole !

Mais, peu après, Madeleine Lachaud a retiré ses lunettes, pour mieux observer le plat d'offrandes brisé. L'harmonie de son visage m'a frappé. Elle était presque belle.

Et ce soir de la semaine suivante… Je faisais quelques pas, après dîner, autour de la maison de fouilles. Le ciel immense était piqué de mille perles étincelantes. Deux promeneurs se rapprochaient.

– Ton Américaine baise toujours aussi bien ? a lancé une voix aigre.

– Je t'en prie, Madeleine ! a dit Josselin.

Pétrifié, craignant d'être vu, je me suis arrêté derrière un arbre, retenant mon souffle.

– C'est curieux, tu ne parles jamais d'elle.

– Et pourquoi veux-tu que je parle de ma femme à la cantonade ?

– Merci pour la cantonade ! Mais tu vieillis, José. Je t'observais hier : tu vieillis. Tu n'as plus cette spontanéité qui pouvait séduire des naïves de mon espèce. Veux-tu que je te dise ? C'est à cause du fric, ce fric qui t'obsède. Tu es devenu un mendiant, mon pauvre José, toujours à tendre la sébile, à genoux devant les sponsors potentiels.

L'intensité de leurs voix allait en diminuant à mesure qu'ils retournaient vers la maison. Depuis ce soir-là, je regarde Madeleine Lachaud avec d'autres yeux.

Quand j'ai interrogé Flora sur leurs relations, elle a haussé les épaules :

– Ça dépend si on parle au présent ou à l'imparfait. Aujourd'hui, Madeleine est insupportable, elle fait voir à José les étoiles en plein midi, sans doute parce qu'elle est toujours amoureuse de lui. Elle ne se console pas de le savoir avec une autre.

– Tu veux dire que Betty a pris la place de Madeleine ?

– Pas vraiment. Pas tout de suite. Madeleine-José, c'est une vieille affaire. Seul Yassa, ici, pourrait en parler, mais il n'est pas du genre à bavarder sur son patron… Madeleine sait bien, depuis longtemps, que la partie est jouée : Betty n'est pas seulement l'épouse de José, mais sa conseillère particulière, son attachée de relations publiques, son associée. Ils partagent la même obsession : faire vivre la mission, lui donner le plus de notoriété et de moyens possibles.

– Mais alors, pourquoi Josselin garde-t-il Madeleine dans son équipe ?

– Parce que c'est une restauratrice hors pair, et parce qu'elle ne le trahira jamais, malgré ses jérémiades.

28

Nos réunions de famille ont lieu tous les trois ou quatre ans à Genève. Nous sommes facilement une soixantaine, de tous âges, venus de France, du Liban, du Canada ou d'ailleurs. On constate combien certains ont grandi, d'autres vieilli. De nouveaux visages apparaissent, compagnons ou conjoints des descendants de Georges et Yolande Batrakani. Il se trouve toujours une jeune femme en train de donner le sein à un nourrisson, au centre de tous les regards.

La réunion commence le vendredi soir et se termine le dimanche en fin d'après-midi. On a du mal à se quitter. C'est comme jadis à Garden City, quand la perspective de rentrer en classe le lendemain assombrissait nos derniers jeux. On échange des adresses électroniques et des numéros de portable. Jusqu'à quand ces rassemblements se tiendront-ils ? Chaque branche de la famille est déjà une famille en soi.

Des six enfants de Georges bey, il ne reste que ma tante Lola, établie à Montréal, et Viviane, ma mère, qui réside à Paris depuis la mort de papa. Alex s'est éteint à Beyrouth, Michel et Paul à Genève, et le Père André au Caire. La troisième génération, la mienne, n'a cessé de se transformer, entre mariages, divorces, séparations et unions libres.

Qu'aurait dit l'ex-roi du tarbouche en observant ses descendants, dispersés sur plusieurs continents ? Dans l'ensemble, nous nous sommes bien débrouillés, sachant nous fondre dans nos pays d'adoption. Les petits-enfants de Georges bey ont pour la plupart « réussi dans la vie », comme on dit. Hormis l'un des fils de Lola, qui a fait trois ans de prison au Brésil pour une sombre affaire de détournement de fonds, la famille a vécu son exil d'Égypte de manière plutôt honorable. Le Père André constatait cependant avec amertume, à la fin de sa vie, que la plupart de ses neveux et nièces s'étaient éloignés de la pratique religieuse. Sur les bords du Nil, notre appartenance à l'Église grecque-catholique définissait notre identité. C'est encore vrai pour certains d'entre nous, ceux qui vivent au Liban notamment. Mais les autres ?

La réunion de juillet dernier à Genève était particulière. Au-delà des retrouvailles, des petits cadeaux échangés, du déjeuner et de la promenade traditionnelle au bord du lac, les fils de Paul voulaient finir de régler l'héritage de Georges Batrakani. Cela se ferait après le café, et en petit comité.

Lola et maman étaient placées chacune à un bout de la table. Leurs enfants, nièces et neveux avaient pour elles des attentions particulières. On interrogeait les deux survivantes sur leurs souvenirs d'enfance, et elles racontaient, pour la énième fois, des histoires un peu embellies au fil des années.

– Je ne peux pas oublier, a dit Lola, nos vacances d'été à Alexandrie avant-guerre. Notre maison était derrière la dune. À l'heure du déjeuner, les domestiques apportaient sur la plage des plateaux fumants, qu'ils disposaient sur de grandes tables recouvertes de nappes brodées.

– On sortait même l'argenterie pour ces repas de famille avec les oncles, les tantes et les cousins, a ajouté maman.

– Et les parties de trictrac entre Nando Batrakani et le comte Henri Touta !

– Ils jouaient gros. C'étaient des parties à deux ou trois livres égyptiennes. Quand on sait ce que valait la livre égyptienne avant-guerre…

– Comte de mes fesses ! disait papa.

– N'empêche : il était consul du Brésil en Égypte.

2 août 1935

Tout le monde se connaît ici, sur la plage de Glymenopoulo. Vers midi, un petit groupe de baigneurs se forme autour d'oncle Nando, dont les chairs débordent de sa chaise pliante, et du comte Henri, qui arbore un peignoir de bain à rayures vertes. Ils disputent leur partie de trictrac quotidienne après avoir mis chacun cinquante piastres sur la table. « Hier, ya comte, tu as eu une chance de cocu. Mais, aujourd'hui, je jure sur la tête… » Et l'autre : « Ne jure pas, malheureux ! Tu ne sais pas ce qui t'attend. Abyssus abyssum invocat. » Après avoir été remercié par le Liechtenstein, l'oncle Henri est devenu consul du Pérou, toujours à la même adresse. La partie se termine lorsque les domestiques apportent des sandwiches qu'ils disposent sur des périssoires retournées, près des cabines.

Naturellement, au cours de cette réunion de Genève, il a été question du regretté Edmond Touta. Les plus jeunes ne se lassent pas d'entendre le récit de ses aventures démographiques.

– Vous connaissez l'épisode du choléra ?

– Quoi, le choléra ? a demandé une petite cousine qui connaissait l'histoire par cœur.

– C'était en 1947. L'oncle Edmond fondait de grands espoirs sur cette catastrophe. Il se souvenait des très bonnes performances des épidémies du siècle précédent qui décimaient chaque fois une partie de la population. Malheureusement, en 1947, les mesures sanitaires allaient être efficaces, et la maladie jugulée en quelques semaines. Le problème démographique restait entier.

– Quand le pauvre Edmond est mort, a précisé maman, on a retrouvé chez lui des petits calepins remplis de chiffres. Une question le troublait beaucoup : les gens qui franchissaient le pont Qasr el-Nil n'étaient pas aussi nombreux dans un sens et dans l'autre. L'affaire se vérifiait tous les ans. C'est un mystère qu'il n'a jamais éclairci.

– N'empêche, a remarqué Lola : ce pauvre Edmond méritait le prix Nobel d'économie ! Qui aurait cru que la population égyptienne aurait été multipliée par huit depuis 1900 ?

Mais, cet après-midi-là à Genève, mon cousin François Batrakani était impatient de conclure le déjeuner et de nous réunir en petit comité pour passer à l'ordre du jour.

– Cette situation est ridicule, a-t-il lancé quand nous nous sommes retrouvés dans le bureau. Ridicule et même dangereuse, parce que nos enfants ne sauront comment sortir de l'indivision. Il faut vendre au plus vite la maison du Caire. Jusqu'à quand cette bonne femme va-t-elle tout bloquer ?

– Dina n'est pas une bonne femme ! ai-je répliqué d'un ton sec à ce cousin plus âgé que moi pour lequel je n'ai jamais eu de sympathie.

Brusquement m'est revenu le souvenir d'une scène sur la plage d'Agami. Je construisais un château de sable avec mes frères. Dina, en bikini orange, était allongée sous un parasol, non loin de nous. Le cousin François, qui devait avoir une vingtaine d'années, s'est approché d'elle et l'a regardée avec une telle insistance qu'elle s'est relevée et a posé une grande serviette de bain sur ses épaules.

Ma réplique a été emportée dans le flot de la conversation. La tante Lola a fait valoir que la flambée des prix de l'immobilier au Caire permettait de tabler sur une jolie somme. Les acheteurs potentiels ne devraient pas manquer dans un quartier d'ambassades.

Ni Lola ni maman ne tiennent à cette maison où elles ont vécu pourtant de belles années, jusqu'à leurs mariages respectifs. Trop de choses ont changé en Égypte… Elles s'étaient promis de ne pas y retourner, redoutant de terribles déceptions. Mais la mort du Père André, en 1982, les a amenées à faire ensemble un voyage de quarante-huit heures au Caire. Dina venait de partir pour Montréal, chez des cousins, et sans une stupide fracture de la jambe en arrivant à l'aéroport Dorval, elle aurait pris un avion dans l'autre sens pour assister aux funérailles de son beau-frère jésuite. C'est Mahmoud qui a ouvert la porte de la maison à Lola et Viviane. Elles ne s'y sont pas senties chez elles. Plus rien ne semblait comme avant, même si la plupart des meubles étaient à leur place. Le fait que Dina occupe l'ancienne chambre de leurs parents les a sans doute affectées plus qu'elles n'ont voulu le dire. De toute manière, sachant leur belle-sœur absente, elles avaient retenu une chambre au *Nile Hilton*. Ce bref et triste voyage a scellé leur rupture définitive avec l'Égypte.

Ni l'une ni l'autre ne porte Dina dans son cœur. Maman manifeste même une hostilité incompréhensible à l'égard de sa belle-sœur. « Bonne femme » n'a pas dû la choquer.

En 1978, quand Dina avait exprimé le désir de rentrer en Égypte et d'habiter dans la maison, le Père André avait envoyé une lettre à chacun de ses frères et sœurs encore en vie pour préciser les choses. Une lettre tapée en plusieurs exemplaires, à l'aide de papier carbone, sur sa vieille Remington. À notre réunion de Genève, François a pris soin d'en lire un passage, sachant que tout ce qui vient de notre jésuite est parole d'évangile pour Lola et maman :

— Il est écrit dans ce texte que l'épouse d'oncle Alex « occupera librement la maison à partir du 1er septembre 1978 ». Mais le père André ne dit pas qu'elle doit l'occuper jusqu'à la fin des temps ! Nulle part il ne précise que la famille serait interdite, le moment venu, de disposer de ce bien.

– Justement, ai-je répliqué, le moment n'est pas venu.

– Tu veux dire que si cette bonne femme, fraîche comme une jeune fille d'après ce qu'on dit, vit jusqu'à cent vingt ans…

Je lui ai lancé avec fureur :

– Tu ne la considérais pas comme une bonne femme, à Agami, sur la plage !

Il y a eu un silence. Les membres de la famille se sont demandé ce qui me prenait. François a hoché la tête avec un vilain sourire, l'air de dire : il a perdu l'esprit, celui-là. Son frère aîné est alors intervenu pour détendre l'atmosphère et proposer une solution :

– On ne va quand même pas confier cette affaire de famille à des avocats. Qu'en aurait dit le Père André ?

Au bout d'une heure de discussion plus apaisée, il a été convenu que j'irais au Caire pour faire part à Dina de la vente de la maison et lui proposer un délai raisonnable pour déménager. Un agent immobilier se chargerait de trouver un acheteur.

J'ai accepté cette mission à la demande insistante de Lola et de maman.

Demain, je lui parlerai au petit déjeuner. Ou plutôt j'attendrai le déjeuner, pour ne pas lui gâcher le plaisir de commenter la réception de ce soir. Je lui dirai : « Dina, ne t'inquiète pas, il n'y a pas le feu. Prends ton temps. Réfléchis aux meubles et aux objets que tu voudras emporter… »

Il n'a pas été question de meubles ou d'objets lors de la réunion de Genève. Mais je n'accepterai pas

qu'on la prive de choses auxquelles elle s'est attachée. Préfère-t-on que la table de toilette de Nonna
Batrakani continue d'appartenir à Dina ou qu'elle se
perde dans le bric-à-brac d'une vente aux enchères ?
Moi-même je récupérerai le bureau américain de
Michel, ses deux porte-plume, ses jumelles de théâtre.
Je m'arrangerai aussi pour transférer en France toute
sa collection de *La Revue du Caire* et du *Lotus*. Oui,
j'insisterai, j'exigerai. Et ce sera le meilleur moyen
de permettre à Dina d'emporter tout ce qu'elle voudra. Que les cousins de Genève ne s'avisent pas de
mettre le nez dans l'inventaire !

29

Son verre à la main, Dina passe d'un groupe à l'autre :

— Jiji, fais-toi un whisky. Et sers ta femme, voyons ! Nadia, chérie, je suis jalouse de ta robe. Tu ne vas pas me dire que c'est du prêt-à-porter… Madame Van-velde, connaissez-vous le docteur Rachad ? Comment ! Vous ne connaissez pas le docteur Rachad ? Mais c'est le meilleur médecin du Caire ! Rappelez-moi de vous le présenter tout à l'heure, quand il sera là… Betty, chérie, tu as fondu ! C'est la natation ? Quelle idée de s'épuiser comme ça dans une piscine, parole d'honneur ! Tu me diras ce que tu veux, mais le Sporting n'est plus ce qu'il était du temps des Anglais… Loutfi, où est Loutfi ? Est-ce que je t'ai raconté mon rêve de cette nuit ? Un cauchemar plutôt ! Écoute ça, tu seras étonné… Jacques-Lui, servez-vous, je vous en prie ! Vous qui aimez tant les *sambousseks* à la viande… Savez-vous qui vient d'arriver ? Negm el-Wardani. Comment ! Vous ne connaissez pas Negm el-Wardani ? Mais c'est l'un des hommes d'affaires les plus brillants de la nouvelle génération ! Je vais vous le présenter.

La revoilà, tenant par le bras un homme mince d'une quarantaine d'années, très brun. Il n'a pas de cravate, mais son costume bleu nuit doit porter la griffe d'une grande marque italienne.

– Negm chéri, je te présente Jacques-Lui Cheminard, de l'ambassade de France. C'est un puits. Oui, un puits de science. Je suis sûr que vous avez plein de choses à vous dire… Je vous laisse un instant, il faut que j'aille demander au *soffragui* de servir du vin.

La bouche pleine, Cheminard se trouve incapable d'articuler un mot. Il en est dispensé par une sonnerie de téléphone : Negm el-Wardani s'excuse, dégage un appareil de la poche intérieure de sa veste et fait quelques pas en direction de la terrasse pour s'entretenir en arabe avec son interlocuteur. À peine a-t-il raccroché qu'un téléphone sonne dans une autre de ses poches. Il s'en saisit et appuie sur une touche pour l'éteindre, sans répondre.

– Ça doit être pratique, deux appareils, lance une voix à côté de lui. Pourquoi pas trois, d'ailleurs ?

Nous nous sommes retournés pour apercevoir le regard narquois de Flora.

– Vous *en* avez quelque chose contre les téléphones, mademoiselle ? demande l'interpellé avec un sourire et une faute de français.

José Josselin s'approche de Negm el-Wardani :

– Je vois que vous avez déjà fait la connaissance de Flora, notre céramologue. À propos, avez-vous reçu mon petit dossier ? Ce chantier est plein de promesses. Il mérite vraiment d'être soutenu…

Et, s'adressant à moi :

– Tu n'aurais pas ton article sous la main, par hasard ? J'aurais aimé le montrer à monsieur El-Wardani.

– Je vais le chercher dans ma chambre. J'en ai pour une minute.

Où ai-je rangé ce numéro spécial « Égypte » ? En couverture, ils ont réussi à mettre pour la troisième fois le masque d'or de Toutankhamon ! Le public en redemande. Du moment qu'on lui parle des pharaons… Les Français, insatiables, en consomment sans modération.

Mon article ne me plaît qu'à moitié. J'aurais dû analyser davantage la saison de fouilles. Fouiller la fouille. Mais j'aime bien le titre que le magazine a donné à ce reportage : « Nous ne sommes pas des chercheurs de trésors. » Josselin avait ajouté : « Un trésor, pour un égyptologue, c'est la découverte d'une inscription ou d'un papyrus qui apporte une connaissance nouvelle de la période sur laquelle il travaille. » Oui, bien sûr…

M'ayant remercié pour la revue, J&J cherche la bonne page pour montrer l'article à Negm el-Wardani, qui lui prête une attention distraite. À quelques pas de nous, Flora est en train d'admirer la cloison à claire-voie qui sépare les deux salons. Tandis qu'elle caresse du bout des doigts les ornements en bois tourné, elle sent une présence derrière elle.

– Vous aimez les *moucharabeyas* ? demande Negm el-Wardani.

Elle se retourne, surprise. Puis, d'une voix rêveuse :

– Je préfère les anciennes, couvertes de poussière, qu'on trouve sur les façades de certaines maisons. On se croirait dans un autre siècle.

– Non, dit-il, les modernes sont mieux faites. *J'en* connais un artiste qui invente de nouveaux motifs sur le *computer*.

Elle hausse les épaules :

– Pourquoi pas carrément des *moucharabeya*s virtuelles ?

– Savez-vous à quoi servent les *moucharabeyas* ?

– Oui, bien sûr. C'est pour permettre aux femmes de regarder de leur balcon sans être vues.

– Pas seulement ! Pas seulement ! C'est ce que les Occidentaux *en* disent toujours. En réalité, la *moucharabeya* était *useful* pour faire circuler l'air dans la maison. Une circulation, comme ça, dehors, dedans… Vous comprenez ?

Elle éclate de rire.

30

– Pourquoi la pierre de Rosette se trouve-t-elle à Londres depuis deux cents ans ? demande le violoniste de l'opéra du Caire. Pourquoi le musée de Berlin détient-il toujours un merveilleux buste de Néfertiti, sorti frauduleusement d'Égypte ? Et que font tous ces trésors pharaoniques au Louvre ?

Cheminard, exaspéré :

– Vous voulez vraiment rapatrier toutes les pièces d'antiquité égyptienne qui se trouvent dans les musées du monde ?

– La plupart de ces pièces ont été emportées sans autorisation.

– Heureusement, mon cher ! Heureusement ! Que seraient-elles devenues si des Européens ne les avaient pas sauvées au XIXe siècle ? Je vous rappelle qu'à l'époque, vos ancêtres démontaient des temples pour en utiliser les pierres.

– Et l'obélisque de Louqsor ? Trouvez-vous normal qu'on lui ait fait traverser la mer pour le planter sur une place parisienne, au milieu des voitures ? Savez-vous que le temple de Louqsor était le seul

d'Égypte à avoir conservé deux obélisques en façade ?
On l'a mutilé. C'est un crime.

– Que je sache, grommelle Cheminard, l'obélisque
a été offert à la France par Mohammed Ali.

– Mohammed Ali n'avait pas le droit de l'offrir
à un pays étranger, réplique le violoniste. D'ailleurs, il n'était pas égyptien lui-même, il était turc.

– Ça, cher monsieur, ce sont vos affaires internes.
Mais, alors, je vous signale qu'il n'y a pas eu d'Expé-
dition française en Égypte : Bonaparte n'était pas
français, il était corse.

Loutfi Salama, qui a pris la discussion au vol, se
met à déclamer :

> *Sur cette place je m'ennuie*
> *Obélisque dépareillé ;*
> *Neige, givre, bruine et pluie*
> *Glacent mon flanc déjà rouillé.*

– De quoi s'agit-il, Loutfi bey ? demande le violoniste.

– Mais du poème que Théophile Gautier avait
consacré aux deux obélisques ! Un poème très roman-
tique, dans lequel chacun des frères jumeaux
s'exprime à son tour. Celui de Paris se souvient avec
nostalgie de la beauté du Nil, qu'il compare à la
Seine :

> *La Seine, noir égout des rues,*
> *Fleuve immonde fait de ruisseaux,*
> *Salit mon pied, que dans ses crues...*

– Il exagère ! s'exclame la minuscule dame à la coiffure Pompadour.

– C'est un poème, chère madame, dit Josselin en se retenant de rire.

Loutfi Salama donne la parole à l'obélisque de Louqsor, resté au pays :

> *Je veille, unique sentinelle*
> *De ce grand palais dévasté,*
> *Dans la solitude éternelle,*
> *En face de l'immensité.*

> *Que je voudrais comme mon frère,*
> *Dans ce grand Paris transporté,*
> *Auprès de lui pour me distraire,*
> *Sur une place être planté !*

– Je n'ai rien compris, dit la Pompadour.

Josselin au violoniste :

– Je vous accorde que de nombreuses pièces antiques n'auraient jamais dû partir à l'étranger. Mais on ne refait pas l'Histoire. Essayons de voir le bon côté des choses : les musées égyptiens de Paris, Londres, New York ou Berlin sont une merveilleuse vitrine pour l'Égypte. C'est la meilleure introduction à un voyage dans la vallée du Nil. L'Égypte possède d'ailleurs dix fois plus de trésors que ceux qui ont été dispersés aux quatre coins du monde ! Regardez le musée du Caire : ses sous-sols regorgent d'objets qu'on n'a pas la place d'exposer et qu'on n'arrive même pas à compter.

Je n'ai aucune envie de participer à cette discussion. Ce n'est pas l'Égypte ancienne qui me tourmente, mais une Égypte plus récente, une Égypte évanouie. Celle de mon enfance, celle de mes parents, celle de mes grands-parents, celles des deux ou trois générations qui les avaient précédés. Curieusement, leurs souvenirs me touchent encore plus que les miens.

« On ne refait pas l'Histoire »… Certes. Mais je n'ai toujours pas accepté la mort de l'Égypte d'hier. Une mort sournoise, pour laquelle il n'y a eu ni faire-part de décès ni condoléances. Pendant longtemps, je ne suis pas revenu ici. J'étais un veuf joyeux, qui avait tourné la page avec une facilité surprenante.

– L'Égypte t'a rattrapé, m'a dit Josselin. Tu vis un deuil différé, comme si ta souffrance avait été mise entre parenthèses et niée pendant toutes ces années. Pour faire son deuil, il faut constater par soi-même la mort de l'être cher. On a besoin de voir son corps, de le toucher. Rien n'est plus insupportable que les « portés disparus ».

Mais l'Égypte d'hier n'est pas tout à fait morte. Je la sens frémir. Dans de brefs moments de grâce, elle revient, comme un fantôme. Tout à l'heure, sur la terrasse, avec les Nassib et le docteur Rachad, alors qu'on riait à gorge déployée en trois langues, je me suis retrouvé quarante ans en arrière.

Parfois, surgit un mot arabe que je n'avais pas prononcé depuis des décennies. Quand Rafik a dit que le gouvernement s'accrochait à une *'awâma* (bouée), j'ai eu l'impression de jouer dans les vagues avec d'autres enfants. Émotion passagère, fugitive.

Cette madeleine perd aussitôt son goût : de tels mots, qui doivent émouvoir de petits Égyptiens d'aujourd'hui sur les plages, n'ont plus aucun sens pour moi. Ils n'en avaient que dans notre monde, aujourd'hui dispersé. Il me manque la ferveur de jadis, cet état amoureux permanent...

Mon paradis meurt à petit feu. Dina est bien placée pour le savoir. Autour d'elle, les rangs s'éclaircissent. Son carnet d'adresses est plein de noms barrés.

– Je n'arrête pas d'aller à des funérailles, dit-elle. Maintenant, chaque fois que le téléphone sonne, j'ai peur de décrocher.

31

– Tante Dina, j'ai quelque chose à vous demander, dit en arabe Negm el-Wardani, qui a pris à part
la maîtresse de maison.

– Demande, *habibi*, demande. Je n'ai rien à te
refuser.

Selon la coutume, il appelle « tante » la vieille
amie de sa mère.

– L'autre jour, vous disiez que vous aviez
d'anciennes *moucharabeyas*.

– Oui, pourquoi ?

– Je voudrais vous en acheter une. Pour offrir.

– Acheter ? Tu plaisantes ! D'ailleurs, tu ne vas
pas offrir des vieilleries pareilles.

– C'est pour des Européens. Vous savez comment
ils sont.

– Si tu y tiens… soupire-t-elle. Mais il n'est pas
question que tu me paies quoi que ce soit. Je demanderai à Mahmoud cette semaine d'aller chercher la
moucharabeya la moins abîmée dans la remise.

– C'est urgent, tante Dina. Puis-je l'avoir ce soir ?

Elle pousse un cri :

– Ce soir ! Mais c'est impossible, *habibi* !

– Tante Dina, insiste-t-il, en français cette fois, il me la faut *absolutely* ce soir.

Elle lève les yeux au ciel, puis lance :

– Yassa, je t'en prie, peux-tu aller voir dans la remise…

– Je l'accompagne, dis-je à Dina.

Et nous descendons par l'escalier de la terrasse, suivis de Negm el-Wardani. Lequel téléphone à son chauffeur pour qu'il nous rejoigne.

Plusieurs *moucharabeyas* sont entassées dans cette pièce mal éclairée. En les déplaçant, nous soulevons des nuages de poussière.

– Celle-ci est parfaite, dit Negm el-Wardani en désignant un panneau assez étroit qui doit faire près d'un mètre et demi de hauteur.

– Je crois qu'elle se trouvait dans le bureau de Georges bey, à l'ancienne place de l'Opéra, dit Yassa.

Le chauffeur l'emporte vers la voiture, tandis que Yassa referme la porte de la remise. Negm n'a pas fait l'erreur de lui glisser un billet dans la main, mais il lui fera certainement parvenir un cadeau.

Avec Dina, j'imagine la scène. Demain matin, alors qu'elle sera en train de fumer sa première cigarette dans son lit à baldaquin, le téléphone sonnera. Elle ne décrochera pas tout de suite.

– Loutfi, tu me réveilles ! lancera-t-elle sur un ton de reproche, d'une voix ensommeillée.

Il y aura deux ou trois secondes de silence.

– Pardon, j'ai dû appeler trop tôt. C'est Negm el-Wardani.

– Negm *habibi* ! Quel plaisir !

Je la vois se redresser sur ses oreillers de satin.

– Mille mercis pour hier soir, dit-il. C'était vraiment très bien, mais j'ai oublié de vous remettre quelque chose de la part de ma mère. Est-ce que je peux passer ce matin ?

– Ce matin ! Mais je suis en robe de chambre, chéri ! Laisse-moi le temps de m'habiller. Passe vers midi, alors.

Il arrive quelques heures plus tard, accompagné par son chauffeur. Dina lui propose un whisky. Il s'excuse car un client l'attend, mais avant de remonter en voiture, il tire de sa poche un écrin de feutre rouge et l'ouvre délicatement.

– Negm, tu es fou ! s'écrie-t-elle en voyant étinceler le bijou.

– Mais non, ce n'est pas grand-chose, ça me fait plaisir.

Il prend place à l'avant de la BMW et baisse la vitre pour un dernier salut, tandis que le chauffeur démarre. Rougissante comme une jeune fille, Dina lui adresse un baiser du bout des doigts… Oui, j'imagine assez bien la scène.

32

Negm el-Wardani s'approche de Flora :

– *J'en ai* trouvé ce que vous cherchez.

– Ce que je cherche ?

– Oui, la *moucharabeya*.

Elle essaie de comprendre.

– Vous m'avez bien dit, n'est-ce pas, que vous aimez les vieilles *moucharabeya*s avec poussière ?

– Euh, oui. Enfin… C'est quoi, cette affaire ?

– Je *l'en ai* trouvée. Mon chauffeur vous l'a déposée à l'Institut.

Il est fou, ce type ! se dit Flora, partagée entre rire et colère.

Negm est anglophone, contrairement à sa mère qui, comme Dina, a fait toutes ses études au pensionnat ex-français du Sacré-Cœur. Il a étudié à la Port-Saïd School de Zamalek, avant d'entrer à l'Université américaine du Caire. Un parcours différent de celui de son père, décédé, qui, lui, avait appris l'anglais à l'Académie militaire.

J'ai fait sa connaissance il y a trois ans, en compagnie d'une journaliste québécoise qu'il pilotait au Caire et qui n'était pas insensible à son charme. Nous avons passé quarante-huit heures ensemble, sillonnant la ville et ses environs.

Negm monte toujours à l'avant. Avec son jeune chauffeur, il entretient des relations décontractées, qui passeraient pour amicales. Diplômé en droit, guetté comme tant d'autres par le chômage, Zayed a préféré changer d'orientation, quitte à descendre d'une marche dans l'échelle sociale. Au volant d'une voiture allemande climatisée, il gagne mieux sa vie que les cohortes d'avocats aux costumes élimés qui doivent fixer des pancartes à leur balcon pour attirer le client. Ni les bruits ni les fumées de la ville ne franchissent les parois de ce 4×4 confortable. Dans cette bulle haute sur pattes, au milieu de la circulation chaotique du Caire, on se sent en parfaite sécurité, et parfaitement à part.

Derrière la mosquée d'Al-Azhar, nous avons continué à pied pour tomber, au détour d'une ruelle, sur un paisible marché de fruits et légumes. Des femmes venaient remplir des paniers qu'elles posaient en équilibre sur leur tête. La Québécoise, ravie, circulait parmi les étals, se faisant héler par les marchands qui lui tendaient des grenades et des bananes.

Un peu plus loin, Negm a voulu faire ouvrir un mausolée datant de l'époque mamelouke. Des gamins sont allés chercher le gardien, un vieillard en turban, qui devait passer ses journées devant un narguilé, dans un café du coin. Il est arrivé d'un pas lourd, un trousseau de clés à la main, marmonnant des formules. Le lieu de prière, assez banal, était éclairé par un vilain tube de néon, mais le gardien nous a introduits ensuite dans un petit jardin, à l'arrière, qui semblait n'avoir pas bougé depuis des siècles. Un citronnier occupait presque tout l'espace.

– Vous croyez que je peux cueillir un citron ? a demandé la journaliste à Negm.

Sans attendre la traduction, le vieillard, qui avait lu dans ses yeux, a abaissé une branche pour la mettre à sa portée.

– Prenez, prenez-en plusieurs, a-t-il dit avec insistance.

Le billet que Negm lui a glissé au moment de partir a gâché un peu le plaisir de la Québécoise :

– Pourquoi faut-il toujours des bakchichs ? Cet homme voulait m'offrir des citrons.

– C'est *un malheureux personne. Le* mosquée le paie *peanuts*.

Régulièrement, Negm sort de sa poche un billet pour faire taire un mendiant, graisser la patte d'un fonctionnaire ou récompenser quelque gardien de parking non homologué qui s'incline un peu plus devant lui et le couvre de bénédictions. Aucun obstacle ne l'arrête. Sa voiture, son chauffeur, son argent, mais plus encore son allure, son aisance et son autorité naturelle lui ouvrent toutes les portes. Il se fait déposer devant l'entrée d'un restaurant même si la ruelle est fermée à la circulation, obtient sans problème la table réservée par un autre ou commande un mets non inscrit à la carte qu'on s'empresse de lui préparer. Il paraît capable de rétablir le nez du sphinx, de déplacer la tour du Caire, d'inverser le cours du Nil…

Negm déteint sur son chauffeur qui peut traiter avec brusquerie un modeste agent de la circulation, toujours trop jeune ou trop vieux, dont le manque d'autorité fait peine à voir. Le bras du *chaouiche* reste en l'air, impuissant et inutile, tandis que la voiture poursuit sa route ou opère un virage interdit.

Dans un restaurant du quartier de Mohandessine, inconnu des touristes, Negm a voulu faire goûter du café turc à la Québécoise. Il lui en a commandé quatre tasses, aux préparations plus ou moins douces. Les serveurs semblaient s'amuser du procédé. La Canadienne a hésité entre *sada,* sans sucre, et *'al-riha*, à peine sucré.

– Et vous ? a-t-elle demandé à Negm.

– Moi, je le prends *mazbout.*

– C'est-à-dire ?

– *Just, balanced*. Ni trop de sucre, ni trop peu.

– C'est votre devise ?

Il s'est mis à rire :

– Non, dans la vie, je suis plutôt *zyada*, très sucré.

– Vous voulez dire excessif ?

– Oui, c'est ça, *excessive.*

Nous avons dîné avec des amis à lui, tous modernes et très gais, qui s'expriment dans un sabir anglo-arabe. La Québécoise, déconcertée, ne comprenait pas grand-chose. Autour de minuit, nous avons embarqué à bord d'une felouque et navigué sur le Nil. Ils racontaient l'histoire d'une Saoudienne qui, la semaine précédente, s'était dénudée au milieu du fleuve, dans le noir, sous l'œil affolé du felouquier, persuadé qu'elle voulait se suicider :

– Elle a plongé, a nagé un peu, puis est remontée sur le bateau pour se sécher. Ces Saoudiennes viennent se défouler en Égypte. Des nymphomanes !

Plusieurs amis de Negm vont régulièrement « faire des courses » à Paris. Ils connaissent bien mieux que moi les Champs-Élysées ou le 16ᵉ arrondissement. Très soucieuses de leur ligne, les femmes fréquentent un club d'aérobic. Les hommes, plus négligés, arborent de petites bedaines, qui les vieillissent. La minceur de Negm n'en est que plus remarquable. Sans doute brûle-t-il une incroyable quantité d'énergie, lui, le *zyada*, le très sucré.

– Où est ta mère ? On ne la voit plus, lui lance Dina. L'autre jour, elle n'est même pas venue à la réunion des anciennes du Sacré-Cœur.

Ma tante n'ignore pas que sa condisciple de jadis a changé de vie. Fini les réceptions et les parties de bridge, pour cette bourgeoise musulmane, élevée dans l'un des pensionnats catholiques les plus occidentalisés du Caire.

Il y a deux ans, j'étais invité à dîner avec Negm près des Pyramides. Son chauffeur était venu me chercher, avant de passer le prendre à Zamalek. La voiture avait franchi le Nil sans encombre, mais se trouvait bloquée dans un embouteillage à la sortie du pont.

Je téléphonai chez lui pour l'informer de ce retard. Une voix de femme, jeune, glaciale, me répondit en excellent français :

– Veuillez ne pas quitter, je vais voir s'il peut vous parler.

Au téléphone, Negm me rassura : nous n'étions pas attendus avant 21 h 30.

Roulant très lentement, la voiture finit par atteindre une avenue boisée, avant de se garer au pied d'un immeuble cossu de quatre ou cinq étages. Je baissai la vitre pour profiter de la douceur du soir, tandis que le chauffeur allait acheter des cigarettes au carrefour.

Au bout de quelques minutes, je vis sortir de l'immeuble une jeune femme mince, entièrement voilée de noir, dont on ne distinguait que les yeux. L'inconnue s'immobilisa un instant sur le perron. Son regard de fer semblait me dire : « Vous n'avez rien à faire ici, repartez dans votre pays. »

– Qui était cette personne au téléphone ? demandai-je un peu plus tard à Negm.

– C'était ma sœur, Soheir.

– Elle porte un *niqab* ?

Il me regarda, surpris.

– Oui, comment tu le sais ?

– Je crois que je l'ai vue au pied de l'immeuble.

Il parut embarrassé.

– Ma sœur se voile depuis quelque temps. C'est une mode. Une mode *ridiculous*.

Puis, sentant mon scepticisme :

– Soheir a… *how do you say ?* des idées religieuses. Elle prie beaucoup, elle jeûne.

– Tu veux dire qu'elle est islamiste ?

– Non, non… Enfin, oui. Mais pourquoi appeler ça comme ça ? Soheir est devenue très religieuse, elle va à des réunions… Je ne sais pas très bien.

– Et ta mère ? Elle fréquente aussi des salons islamiques ?

– Non… Enfin, oui. Soheir *en a* beaucoup insisté. Elle l'a convaincue. *Ridiculous !*

Pendant notre échange, Negm avait un verre de whisky à la main. Il boit de l'alcool, sans se cacher. Cela ne l'empêche pas d'avoir accompli deux fois le pèlerinage à La Mecque, en compagnie d'amis aussi modernes que lui. Je ne pense pas que c'était seulement pour faire plaisir à sa sœur.

La journaliste québécoise m'a raconté cet échange qu'elle avait eu avec lui au cours d'une soirée assez arrosée :

– Veux-tu m'épouser ? lui avait demandé Negm à brûle-pourpoint.

– Je suis chrétienne.

– Et alors ? Tu resteras chrétienne *if you like*.

– Et nos enfants ?

– Ils seront musulmans. C'est *le* loi.

La Québécoise l'avait poussé dans ses retranchements :

– Et si mon frère veut épouser ta sœur ?

– *No problem.* Il devient musulman et il l'épouse. C'est très facile.

– Et c'est la loi, n'est-ce pas ?

33

Le vieux Mahmoud a chuchoté à l'oreille de Dina, dont le visage s'est assombri. Inquiet, je m'approche.

– Jacques-Lui est enfermé aux toilettes, me murmure-t-elle. Il n'arrive pas à tourner la clé. Je t'en prie, va vite appeler Yassa !

Cheminard tambourine à la porte. Je lui demande de patienter, l'assurant qu'il sera bientôt délivré. Décidément, il y a une malédiction sur cette serrure.

25 décembre 1946

La veillée de Noël a été très réussie. Un peu trop joyeuse aux yeux d'André, qui aurait aimé plus de recueillement après la messe de minuit. Mais il faut dire que la mésaventure du comte Henri – bloqué un quart d'heure dans les toilettes du rez-de-chaussée – a mis beaucoup d'animation. « Carcere duro ! » a-t-il déclaré non sans humour derrière la porte, tandis qu'on s'employait à le délivrer. « Et cum spiritu tuo », a répondu papa, qu'on entendait parler latin pour la première fois.

Yassa arrive en trottinant, les mains chargées de deux ou trois tournevis et d'un marteau. Il s'affaire aussitôt.

– Désolé, dis-je à Cheminard. C'est une question de secondes.

Mais Yassa a l'air de peiner. Il s'acharne sur la serrure, sans succès.

– Je n'ai pas l'outil adéquat, dit-il avant de repartir en direction de l'arrière-cuisine.

Loutfi Salama, qui nous a rejoints, est visiblement partagé. Il sait que cet incident tracasse Dina, et s'en inquiète, mais a du mal à cacher sa satisfaction de voir Cheminard enfermé.

– Patience, cher ami ! lui lance-t-il. Patience ! « À qui sait attendre, le temps ouvre ses portes. »

Il ajoute perfidement :

– Ces vieilles serrures donnent souvent du fil à retordre. L'autre jour, un de mes amis est resté enfermé quatre heures dans sa salle de bains. Quatre heures ! Vous vous rendez compte !

Pour toute réponse, il a droit à un grommellement.

Cheminard habite en pleine ville, au-dessus de la place El-Tahrir. J'ai entrevu une fois sa tanière en lui rapportant une sacoche oubliée chez Dina. C'est un logement assez sinistre, prolongé par une petite terrasse, sur laquelle est fixé un néon publicitaire géant qui, la nuit, clignote en bleu et en rouge.

Un vieux portier en turban gît sur une banquette, à l'entrée de l'immeuble. Il se lève péniblement pour appuyer sur le bouton de la minuterie et procurer un semblant d'éclairage aux personnes qui le méritent. L'ascenseur est un Schindler d'avant-guerre, muni de poignées en cuivre, mais aux portes déglinguées. Arrivé à l'étage désiré, il s'arrête dans une violente secousse. Cet immeuble de style italien, qui a eu son heure de gloire, n'est plus entretenu par ses propriétaires depuis le blocage des loyers, il y a plus d'un demi-siècle.

De la terrasse de l'appartement, à travers l'armature du panneau publicitaire, on aperçoit sur la droite une aile du Musée égyptien et sur la gauche le gigantesque bâtiment du ministère de l'Intérieur, symbole de la bureaucratie égyptienne.

– À droite les papyrus et à gauche la paperasse ! m'a dit Cheminard d'un ton ironique.

Il paraît que la cour est pleine de documents que les fonctionnaires jettent par les fenêtres pour s'en débarrasser : une monstrueuse corbeille à papier. Le bâtiment reste associé pour moi à un régime policier, confisquant les passeports et envoyant les citoyens en prison. L'ombre du lieutenant-colonel Hassan Sabri rôdait naguère par là.

Revenu avec d'autres outils, Yassa est de nouveau en action. Trois ou quatre personnes lui dispensent des conseils contradictoires en arabe. C'est toujours comme ça en Égypte. Je me rappelle une panne de bus sur la route de Marsa-Matrouh. Tous les passagers mâles étaient descendus du véhicule et faisaient la chaîne pour donner les outils au chauffeur. Les plus zélés avaient grimpé sur le capot. Chacun y allait de son diagnostic et de ses conseils.

Le violoniste de l'Opéra est partisan de défoncer la porte. Mahmoud suggère plutôt de poser une échelle sur le mur extérieur et de sortir le Français par la petite fenêtre des toilettes.

– Il est trop gros, il ne passera jamais, dit Loutfi Salama.

Cheminard, qui ne comprend pas l'arabe, tambourine de nouveau à la porte. Je l'assure qu'on est sur le point de le libérer. Yassa a réussi à retirer l'une des vis rouillées, mais la deuxième ne veut rien entendre.

– Laissez-moi faire, dit le violoniste.

Au bout de deux minutes d'efforts qui lui ont fait monter le sang au visage, il déclare forfait :

– Je vous avais bien dit qu'il fallait défoncer !

Derrière la porte, Cheminard s'énerve :

– Ça va durer longtemps, cette comédie ?

Loutfi Salama prend sa voix la plus sirupeuse :

– Voulez-vous, cher ami, qu'on vous fasse passer de la lecture sous la porte ? Un journal ? Un livre peut-être, s'il n'est pas trop épais ? À propos, connaissez-vous ce très beau texte de Pierre Loti…

Yassa, de nouveau à l'ouvrage, a réussi à faire bouger la deuxième vis.

– Voilà, voilà, dit-il à l'adresse du prisonnier. Une petite minute encore, s'il vous plaît.

La porte s'ouvre enfin, sur un Cheminard en nage, qui sort d'un bond et, sans dire un mot, file se rafraîchir au buffet.

Ludivine a assisté à la scène, en buvant son jus de mangue. D'abord étonnée, puis amusée, enfin indignée par la goujaterie de son compatriote.

– Il aurait quand même pu vous remercier ! lance-t-elle à Yassa qui range ses outils.

– *Maalech*.

– Malèche ? C'est peut-être la dixième fois que j'entends ce mot depuis que je suis arrivée. De quoi s'agit-il ?

– *Maalech* veut dire : ce n'est pas grave, ce n'est pas important. C'est une expression très courante en Égypte.

– Ah bon, dit Ludivine, parce que vous trouvez que ce n'est pas grave de se comporter comme un mufle ?

Yassa est surpris par la vivacité de sa réaction. Elle se reprend au bout de quelques secondes :

– Excusez-moi, j'ai été un peu brusque.

– *Maalech*, dit-il en souriant, ce n'est pas grave.

34

– Amira chérie, comme je suis heureuse de te voir !
s'exclame Dina en arabe, avant d'embrasser avec
effusion la nouvelle venue.

J'ai eu comme un étourdissement. Je ne sais pas
si cette jeune femme est belle, mais son regard, son
sourire, cette manière de pencher légèrement le
visage sur le côté… Ni bijoux, ni paillettes. Elle est
vêtue d'une simple tunique et d'un pantalon de lin.

Dina a pris son invitée par la main pour la présenter aux personnes présentes :

– Amira est universitaire. Elle enseigne le droit,
je crois, ou peut-être les sciences naturelles, à l'Université d'Aïn Chams. N'est-ce pas Amira ?

Puis, apercevant Loutfi Salama :

– Loutfi ! Loutfi ! Regarde qui vient d'arriver.

Je me serais bien glissé à côté d'eux, mais Josselin
me hèle pour une question urgente à propos de la
famille Batrakani, comme si sa vie en dépendait :

– Dis-moi, Charles, hier soir chez les Nassib, quelqu'un soutenait que ton oncle jésuite avait fini sa
vie au Brésil. Quelqu'un d'autre parlait d'Australie…

– Mais non, c'est absurde ! Le Père André Batrakani est mort dans sa chambre, au collège de Faggala. Pour rien au monde, il n'aurait quitté l'Égypte.

Je me rapproche d'Amira. Elle a éclipsé dans mon esprit toutes les femmes présentes. Je lui donne trente-sept ou trente-huit ans. Ses cheveux noirs, légèrement bouclés, encadrent un visage sans maquillage, à la peau très brune. Elle a un regard profond, concentré, un regard d'enfance.

– Je n'ai pas bien compris, lui dis-je, si vous enseignez le droit ou les sciences naturelles à l'université d'Aïn Chams.

Elle rit.

– J'enseigne l'histoire moderne à l'Université du Caire. Mais votre tante est si chaleureuse, si convaincante, que j'en viens à douter.

– Pour parler français aussi bien, j'imagine que vous avez été au lycée ou chez les sœurs ?

– Non, pas du tout. J'ai suivi les cours du Centre culturel français, pour faire plaisir à mon grand-père, que j'aime beaucoup.

– Ah bon, parce que lui...

– Non, il ne connaît pas un mot de français, mais il admire le général de Gaulle qui avait accordé l'indépendance à l'Algérie et critiqué Israël après la guerre de 1967. Il admire aussi le résistant, qui lui rappelle son propre père : un ouvrier qui résistait ici contre l'occupation britannique.

Sa voix est mélodieuse, mais posée, sans fioritures.

– Et vos étudiants, ils résistent à quoi ? dis-je machinalement.

– Au chômage. Enfin, ils essaient.

Dina voudrait qu'on passe à table :

– Il est neuf heures et demie moins cinq. La *sayyadeya* n'attend pas.

Chaque fois que s'ouvre la porte à double battant de l'office, un délicieux fumet de riz au poisson s'en dégage : c'est une spécialité de la maison. Selon Loutfi Salama, qui n'a jamais dû tenir le manche d'une casserole, « la *sayyadeya* ne souffre aucune approximation ».

Il est allé tout à l'heure en inspection dans la cuisine.

– J'espère que tu n'as pas oublié le cumin et le safran ! a-t-il lancé d'un ton méfiant au cuisinier.

– Non, bien sûr, *ya bey*.

Les pignons de pin doraient dans une poêle, tandis que les oignons revenaient à vif dans l'huile d'olive.

– Ne retire pas trop vite les oignons, a rappelé le professeur honoraire de littérature comparée. Ils doivent être presque brûlés. La dame n'aime pas la *sayyadeya* blanche : elle la veut brune, et elle a raison.

Sur l'un des plateaux en attente dans l'office, Loutfi Salama a pris à deux doigts une feuille de vigne farcie et l'a portée à sa bouche. Il a mâchonné longuement, le regard impassible.

– Elles ne sont pas bonnes, *ya bey* ? a demandé le cuisinier, inquiet.

Le professeur honoraire continuait à mastiquer sans répondre. Habitué à noter sévèrement, il a fini par lâcher une appréciation en demi-teintes, qui devait se situer entre « bien » et « passable ».

Sortant de la cuisine, un plat de *sayyadeya* dans les mains, Yassa s'approche des membres de la mission archéologique en lançant :

– *El 'aïch makhbouz !*

Ils répondent en chœur :

– *Wel maya fel kouz !*

Ludivine, amusée, les regarde avec des yeux ronds. Yassa s'empresse de traduire pour elle :

– Le pain est cuit et l'eau est dans le broc.

– Malheureusement, dis-je à Ludivine, en supprimant la rime, la traduction enlève aux proverbes égyptiens toute leur saveur.

– Ellèche ?

– *El 'aïch.* Il faut prononcer avec la gorge… C'est le pain. Mais en dialecte égyptien le mot veut dire aussi « la vie ».

Cette précision la laisse rêveuse.

Je me rappelle que Michel aussi disait *El 'aïch makhbouz.* Il avait prononcé cette phrase sur un autre ton en 1980, à la veille de sa mort. Puis, traduisant avec un faible sourire pour la Suissesse qui se trouvait avec nous à son chevet :

– Les carottes sont cuites.

Contre son gré, Loutfi Salama s'est retrouvé à la même table que Cheminard, avec plusieurs autres personnes. Je propose à Amira qu'on les rejoigne.

La vaisselle de la maison mêle les restes de trois ou quatre services. Les plus vieilles pièces datent du mariage de mes grands-parents, au début de l'autre siècle. Mahmoud est régulièrement grondé par Dina parce qu'il associe des éléments disparates. Mais il fait ce qu'il peut, avec le matériel disponible. Notre table compte des porte-couverts en argent, en ivoire et en cristal.

Ludivine n'arrête pas de poser des questions, sur tout et sur rien. En quelques heures, elle aura appris la moitié de l'Égypte.

– « Oasis » est un mot grec, n'est-ce pas ? demande-t-elle.

– Oui, mais il vient de l'ancien égyptien *ouahat*, qui signifie chaudron, dit Loutfi Salama. *Ouahat* a donné *ouaha* en arabe, *vaha* en turc…

Cheminard, agacé, l'interrompt en citant les premiers vers de *L'Oasis* de Leconte de Lisle :

Derrière les coteaux stériles de Kobbé
Comme un bloc rouge et lourd le soleil est tombé

Loutfi enchaîne aussi sec, en y mettant le ton :

Un vol de vautours passe et semble le poursuivre.
Le ciel terne est rayé de rayons de cuivre

– Je suis un Oasien, dis-je à Amira.
– Comment ça, un Oasien ?
– J'ai grandi à Héliopolis.
– Et moi, j'y habite.
– Ah bon, dans quelle rue ?
Cheminard, à qui on n'a rien demandé, grommelle :
– Pouvez-vous m'expliquer ce qu'Héliopolis vient faire dans les oasis ? Que je sache, c'est une banlieue du Caire.

– Oui, dis-je, mais elle a été créée en plein désert, en 1905.

– C'est exact, confirme Loutfi Salama, qui ne rate aucune occasion de contrer le Français. La société du baron Empain s'appelait The Heliopolis Oases Company. Mais Héliopolis n'a pas le monopole du désert : tous les habitants de la vallée du Nil, dès qu'ils s'éloignent du fleuve, rencontrent tôt ou tard l'aridité. L'Égypte n'est qu'un mince ruban de verdure au milieu des sables. Une immense oasis.

Tandis que Cheminard et Loutfi poursuivent leur duel à fleurets mouchetés, j'évoque devant Amira l'Héliopolis d'hier, me laissant emporter par les souvenirs.

– J'espère que la *moucharabeya* ne va pas vous encombrer, dit Negm à Flora.

– Non, c'est très pratique sur les champs de fouilles.

– Je suis sûr que *la* chien l'aimera beaucoup. Athinéos…

– Mykérinos.

– *Sorry*. Connaissez-vous Athinéos ? Ah, vous ne connaissez pas Athinéos ! Je vous emmène demain, si vous voulez.

– C'est quoi ?

– C'est *une superb* salon de thé à Alexandrie qui fait de très bons gâteaux. Je suis sûr que Mykérinos aimera beaucoup.

La voix mondaine de Josselin traverse la table :

– Mon cher Negm, comme je ne vous l'ai peut-être pas précisé, nous sommes en train de mettre au jour la tombe d'un gouverneur de Dakhla datant de la VIe dynastie.

– C'était quand, *le* VIe dynastie ? demande Negm. Avant Ramsès II ?

Josselin, un peu gêné :

– Oui, oui, avant, bien sûr.

– Mille cinq cents ans avant, précise Ludivine, qui s'attire un regard désapprobateur du directeur de la mission, soucieux de ménager un futur mécène.

Negm el-Wardani, amusé, ne semble attacher aucune importance à ces détails chronologiques. Après avoir interrogé J&J sur les besoins de la mission, il fait savoir qu'il représente plusieurs marques étrangères en Égypte.

– J'ai des appareils en stock. Je peux vous *en* offrir, par exemple, un grand freezer Siemens.

– Ce serait formidable ! dit Josselin.

– Et deux ou trois machines à laver, si ça vous arrange…

On a retiré les plats de viandes et de poissons. Les douceurs commencent à arriver. Ayant goûté l'*oum Ali*, Betty Josselin pousse des cris admiratifs :

– *Delicious ! Incredibly delicious !* Je veux absolument connaître la recette !

À sa demande, Yassa est allé chercher le cuisinier, qui arrive un peu gêné dans le grand salon, en s'essuyant les mains sur son tablier. Nadia Nassib sert d'interprète, et l'Américaine note sur un petit carnet.

– Il n'y a rien de plus simple que l'*oum Ali*, dit le cuisinier, qui parle dans ses dents, à toute allure. Dans une casserole, vous mettez le lait, la crème, le sucre, les pistaches, les amandes…

– Une seconde, une seconde ! Nadia, *please*, dis-lui d'aller moins vite. Et les proportions ? Il ne m'a pas donné les proportions.

Nadia interroge le cuisinier, puis traduit avec gaieté :

– Il ne sait pas. Il dit que seul Allah décide des proportions.

En Europe ou au Canada, la cuisine donne à nos réunions familiales une couleur, une chaleur – et, bien sûr, des odeurs et des saveurs – inégalables. Les photocopies du vieux cahier de recettes de Yolande Batrakani circulent d'un continent à l'autre.

Depuis la mort de Paul / Boulos, la cuisine orientale n'est plus à l'index au bord du lac Léman. Au contraire. La *molokheya* de la benjamine de Lola est même le clou de ces grands-messes genevoises. Quant à l'épouse normande de mon frère Jacques, elle passe pour la championne incontestée de la *konafa* à la crème.

Notre monde se réduirait-il à des casseroles ? Michel n'est plus là pour dresser l'inventaire de nos réalisations sur les bords du Nil.

Genève, 22 janvier 1980
Si j'avais la force, j'écrirais l'histoire des « Syro-Libanais » d'Égypte. Plus j'avance dans mes lectures, plus je m'étonne de notre présence ancienne dans

ce pays. Sans doute faudrait-il remonter jusqu'aux pharaons. Notre petit nombre ne nous a pas empêchés de faire de grandes choses. Nous avons créé en Égypte la presse moderne, avec les frères Takla et quelques autres. Nous y avons apporté le théâtre, avec Georges Abiad. Et que serait sans nous le cinéma ? Youssef Chahine en est l'exemple le plus récent. Le seul acteur arabe mondialement connu ne s'appelle-t-il pas Michel Chalhoub, devenu Omar Sharif ? Et (que papa me pardonne de là où il est !), j'oubliais le roi du tarbouche...

35

– Charles, *habibi*, me demande Dina, tu ne veux pas avoir la gentillesse d'aller chercher mon châle blanc qui doit se trouver sur mon lit ? Cet escalier me tue.

Elle a gardé presque telle quelle la chambre de mes grands-parents, faisant seulement repeindre les murs dans un rose pâle assorti à ses oreillers de satin. Les deux armoires à glace n'ont pas bougé. Dina a dû hésiter avant d'occuper cette pièce. Georges bey l'impressionnait. Il lui en voulait sans doute de ne pas lui avoir donné de petit-fils. Combien d'amants y a-t-elle accueillis ? Je me demande si elle n'a pas cherché inconsciemment à se venger d'Alex, qui a dû lui en faire voir…

Non, il n'est pas sur le lit, son châle blanc. Ni sur la chaise de la coiffeuse. Je ne le vois nulle part. Je me décide à ouvrir l'un des battants de l'armoire à glace, qui crisse affreusement. Le parfum de Dina me saisit. Non, aucun châle.

L'autre battant gémit autant que le premier. Sur

les étagères, il y a des piles de vêtements. Mon regard est happé par un cadre, dans le coin de l'armoire. Cette photo… Je n'en crois pas mes yeux. Cette enseigne, cette terrasse… Je reconnais bien l'endroit. C'était l'hôtel de Broumana, au Liban.

Une voix, derrière moi, me fait sursauter :

– Tu cherches quelque chose ? demande Loutfi Salama, d'un ton aimable. Je peux t'aider ?

Surpris, arraché à la photo et affreusement gêné, je mets deux ou trois secondes pour répondre. Je déteste ce sourire de Loutfi. À quel titre m'aiderait-il ?

J'aperçois la pièce de soie blanche, repliée sur son avant-bras. Il a l'air d'un serveur de restaurant.

– Dina s'est souvenue que son châle était dans la buanderie. Elle m'a envoyé le chercher, et te le dire.

Je le suis dans l'escalier, la tête en feu, en pilotage automatique. Un proverbe de Yassa me revient à l'esprit : « À force de fouiller, on déterre des calamités. »

Broumana, hiver 1973. Je me souviens parfaitement de ce dimanche à la montagne. J'étais venu passer dix jours de vacances au Liban. Alex avait emmené toute la famille déjeuner dans un grand hôtel :

– Ça nous rappellera les dimanches du Caire. Vous verrez, ils font une *molokheya* divine. Parole d'honneur, je n'en ai jamais mangé d'aussi bonne ! Sauf, bien sûr, celle de maman…

La photo n'a évidemment pas été prise ce jour-là. Dina et mon père ne pouvaient se permettre de s'enlacer ainsi sur la terrasse de l'hôtel : sans doute y sont-ils venus un autre jour. On voit d'ailleurs des fleurs sur la photo. C'était le printemps.

Sélim et Dina amoureux ! Je n'en reviens pas. On aurait pu me le raconter, me l'affirmer, me le jurer sur la tête de quelqu'un, je ne l'aurais jamais cru.

C'était peut-être un jeu, après tout : Sélim posant à l'amoureux avec la jeune épouse de son beau-frère, devant toute la famille amusée. Dans les albums, on trouverait dix autres photos de ce genre : Sélim avec Lola, Sélim avec Myra, Sélim avec la Suissesse… Mais ce n'est pas pareil. Sur cette photo Dina et lui ont une manière de se serrer l'un contre l'autre qui n'appelle pas de doute.

Je les revois en train de sortir de l'aéroport de Genève en 1974, avec les autres membres de la famille venus de Beyrouth. Ils étaient à l'arrière, ensemble, les yeux brillants, l'air épanoui. Les deux pièces rapportées…

Les hallucinations existent. Qui sait quel fantasme m'agitait quand j'ai ouvert l'armoire ? Mais non, je n'avais aucune raison de penser à mon père à ce moment-là, et encore moins à Broumana.

Après tout, c'est son histoire, pas la mienne. Et Dina n'a aucun compte à me rendre. D'ailleurs, elle ne m'a pas menti. Je l'entends encore, lors de mon premier séjour au Caire : « Ton père avait beaucoup de charme, tu sais ? »

Je me sens plus léger, comme libéré par ce secret. Sélim qui, à l'école de Georges bey, avait appris à être dur en affaires m'apparaît brusquement plus fragile, plus proche de moi. Et en même temps si différent !

Le moment de stupeur passé, cette photo me donne un sentiment de sérénité. Mon père m'impressionne moins. Il me touche davantage. On dirait que nous sommes désormais à la bonne distance l'un de l'autre.

Le violoniste de l'Opéra a entrepris Amira sur je ne sais quel sujet. Elle l'écoute d'un air ennuyé. M'apercevant, son regard s'éclaire. Je m'approche et improvise :

– Amira, vous m'avez parlé tout à l'heure du général de Gaulle. Il faut que je vous montre quelque chose à ce propos.

Le musicien hésite un instant, prêt sans doute à engager une polémique sur de Gaulle, sur l'Algérie, sur le colonialisme français ou sur la culture des pommes de terre, mais il choisit de s'éloigner.

– Vous n'avez pas l'air d'aimer le violon, me dit Amira d'un ton malicieux.

Un petit groupe s'est formé autour de Josselin, qui parle de son chantier de fouilles. Nous nous rapprochons.

– Quelle est la plus belle pièce que vous ayez découverte ? demande quelqu'un.

L'égyptologue hésite un instant.

– Je pourrais vous parler d'un magnifique vase d'albâtre traversé de veines ondulées… Ou d'une statuette admirable en bois représentant le gouverneur et son épouse… Mais nous ne sommes ni des esthètes ni des antiquaires. Nous faisons de l'archéologie. Ce ne sont pas les beaux objets qui nous intéressent, mais ceux qui ont une signification. Des objets muets, qu'il faut faire parler.

On l'interroge sur la tombe que son équipe fouille depuis des années.

– Le caveau est en sous-sol, précise J&J. Après les funérailles du gouverneur, tous les accès en avaient été masqués et comblés.

– Pourquoi ? demande une voix.

– Mais pour que personne n'y pénètre, pardi ! Le mort était enterré avec des objets précieux, suscep-tibles d'être volés. Et puis, il ne fallait pas le déranger.

– Vous ne le dérangez pas, vous, en allant le déter-rer ? demande le violoniste de l'Opéra.

Josselin sourit :

– Rassurez-vous. Nous ne sommes pas des pilleurs de tombes. Ce ne sont pas les morts qui nous inté-ressent, mais les vivants. Nous cherchons à connaître la vie quotidienne des habitants de l'Ancien Empire. Mais ils ne nous ont laissé, pour l'essentiel, que leurs nécropoles. Comme vous le savez, vos lointains ancêtres construisaient leurs maisons, et même leurs palais, en brique crue. Seules les demeures des dieux et des morts, les temples et les tombes, étaient bâties en pierre, matériau d'éternité.

À l'oasis, je m'étais moi-même posé la question, quand j'avais appris à gratter le sol avec une truelle. La terre fraîchement retournée exhalait une odeur inconnue. J'avais demandé à Josselin s'il n'était pas troublé par la fouille d'une tombe.

– Ce sont des questions qu'un archéologue ne se pose jamais en travaillant, m'avait-il dit. Parfois avant, parfois après, jamais pendant.

Le violoniste revient à la charge :

– Après tout, de quel droit viole-t-on des sépultures ?

L'égyptologue lève les yeux au ciel :

– Non, bien sûr, on n'a pas le droit de violer la sépulture de sa grand-mère… Mais la mort du propriétaire de ce mastaba date de plus de quatre mille ans ! Il y a prescription, vous ne trouvez pas ? L'avancement des sciences implique des actes de ce genre. En médecine, par exemple, il a bien fallu disséquer des cadavres humains pour les étudier… Imaginez qu'on me démontre demain que le sarcophage de Khéops se trouve dans un endroit bien précis de la grande pyramide. Je serais bien stupide de ne pas faire tout mon possible pour l'atteindre.

– Vous feriez un trou dans la pyramide ? Vous seriez prêt à y percer une galerie ? s'étonne le violoniste.

– Évidemment ! Tout dépend comment on accomplit ce genre de choses, et dans quel esprit. De toute façon, nous n'avons pas à partager les croyances des anciens Égyptiens : notre archéologie doit être, comment dire… laïque. Oui, laïque.

Le mot a fait son effet. Content de sa trouvaille, l'égyptologue poursuit d'une voix assurée :

– Grâce à nous, les défunts de l'ancienne Égypte deviennent éternels.

L'étonnement de l'assistance le fait sourire.

– Eh oui ! Qu'est-ce que l'éternité, sinon d'exister dans la mémoire des hommes ? Cette tombe, on ne la subtilise pas à son propriétaire : on la lui rend, au contraire.

– Ah bon ? fait le violoniste, sceptique.

Josselin avance en terrain connu :

– Prenez Toutankhamon : si on n'avait pas découvert la tombe de cet obscur souverain du Nouvel Empire, il serait mort à jamais. Or, y a-t-il aujourd'hui pharaon plus vivant que lui ? « Vivant » n'est d'ailleurs pas seulement une métaphore : les Égyptiens étaient convaincus que l'on faisait revivre les morts dont on s'occupait. Sur les murs de sa tombe, le défunt lançait des appels aux vivants pour qu'ils prononcent son nom. Le seul fait de prononcer son nom lui permettait de rester en vie.

Amira intervient d'une voix amusée :

– La manière dont vous vous appuyez sur les croyances de l'ancienne Égypte n'est pas très « laïque ».

Pris de court, Josselin se tourne avec étonnement vers cette jeune femme qu'il ne connaît pas.

36

Qui a eu l'idée de nous gratifier d'un morceau de musique orientale ? Je soupçonne le docteur Rachad, porté sur les facéties, d'être à l'origine de ce boucan. N'était-il pas venu dîner l'an dernier chez Dina coiffé du tarbouche de son grand-père défunt, qu'il avait gardé toute la soirée ?

Betty Josselin a aussitôt retiré ses chaussures à talons et commencé à danser. Une main sur la hanche, l'autre derrière la tête, elle avance, orteils pointés, un pied après l'autre, de manière un peu ridicule.

– Jiji, ta femme m'étonnera toujours ! crie Dina à l'oreille de Josselin.

L'Américaine étend les bras, tourne les poignets, fait tinter ses bracelets. Son buste décrit des cercles, des huit horizontaux et verticaux…

Nadia Nassib s'approche de nous, consternée :

– Ce n'est pas du temps de ton grand-père, me dit-elle, qu'on aurait assisté à une danse du ventre dans cette maison !

10 septembre 1946
Voulant faire une surprise à l'un de ses gros

clients européens de passage au Caire, papa s'était mis dans la tête de l'emmener au spectacle. « De la couleur locale s'impose. Pourquoi pas une danseuse du ventre ? » a suggéré Alex, qui a ses entrées, si l'on peut dire, dans ce milieu. Il les a conduits lui-même dans une boîte de nuit, sur la route des Pyramides. Quand la danseuse a fait son entrée sur scène, toutes chairs dehors, maman a failli s'évanouir. Une musique stridente renforçait la vulgarité de sa prestation. Papa a eu un moment d'embarras, avant d'être rassuré par l'enthousiasme de son client, le cigare entre les dents, qui applaudissait à tout rompre. Il a quand même passé un savon à Alex ce matin. La prochaine fois – s'il y en a une – je crois qu'il changera de conseiller culturel.

La musique s'accélère. Au rythme endiablé de la *darabokka*, Betty Josselin se contorsionne de plus en plus vite… Au bout d'un moment, l'Américaine, épuisée, va s'abattre dans les bras de son mari, sous les applaudissements.

Et voilà Flora qui se déchausse à son tour et la remplace, indifférente aux aboiements de Mykérinos. Mais la céramologue est presque immobile, se mouvant à peine pour suivre les variations langoureuses de la cythare et du luth. Quelqu'un a baissé le son, et c'est mieux ainsi. Mykérinos s'est calmé. Debout sur ses pattes arrière, la queue frétillante, il paraît subjugué par sa maîtresse.

Cheveux dénoués, les mains croisées derrière la nuque, Flora fait tourner son bassin, de gauche à droite, d'avant en arrière, sans bouger les jambes.

Elle ondule avec lenteur, comme un serpent, au son de la flûte.

Un verre de whisky à la main, Negm el-Wardani l'observe en connaisseur. Leurs regards se croisent. La Française dénoue l'écharpe qui ceignait sa taille, la saisit à deux doigts, de l'index et du majeur, et se met à tourner, laissant le voile flotter derrière elle.

Mykérinos s'est remis à aboyer. Sa maîtresse tente de le calmer par des gestes, sans y parvenir. Elle s'arrête alors de danser, à la grande déception de l'assistance, pour prendre le loulou dans ses bras.

Une valse a succédé à la musique orientale. Loutfi Salama s'approche de Dina, qui se fait prier pour la forme. Ses talons ne semblent pas la gêner le moins du monde, mais son chevalier servant l'entraîne avec précaution. Ils évoluent au milieu du grand salon, sous des murmures approbateurs.

Le morceau suivant est un slow. Betty danse avec Saint-Sauveur, et Negm avec Flora... Je tends la main à Amira.

– Je ne sais pas danser, fait-elle d'un air désolé.

– Moi non plus, à vrai dire.

Nous nous dirigeons vers la grande table qui sert de bar. J'ai l'impression d'avoir rajeuni de vingt ans.

Je lui raconte l'histoire d'Élie R., un juif d'Égypte, expulsé en 1956, et qui, des années plus tard, a voulu revoir la maison où il avait grandi à Hélio-polis, près du Midan Ismaïlia :

– Avec émotion, il a sonné à la porte. Un homme lui a ouvert. « Je m'appelle Élie R., je suis un juif d'Égypte... »

Son interlocuteur l'a regardé, étonné. Puis, avec un grand sourire : « Entrez, entrez ! C'est bien la première fois qu'un Palestinien aura pris la maison d'un juif ! »

Notre attention est attirée par Saint-Sauveur, qui a mis un paso doble et, s'approchant de Dina, s'est incliné cérémonieusement devant elle. Sans lui laisser le temps de protester, il a plaqué une main dans son dos et l'a entraînée dans un mouvement de toréador.

L'égyptologue multiplie les figures, arrachant des petits cris à sa partenaire : allers, retours, pas chassé à gauche, pas chassé à droite, promenade, contre-promenade, double promenade…

– Dina a du mérite, lance quelqu'un. À son âge…

Quel âge ? Soudain… Mais quoi ? Que s'est-il passé ?

– Dina est tombée !

– Mon Dieu, elle est morte !

Nous nous précipitons. Elle gît sur le sol, couchée sur le côté. En un instant, c'est tout un monde qui s'effondre, disparaît. Je suis paralysé, incapable de proférer un mot. Amira s'est agenouillée près de Dina. Elle lui caresse les cheveux en lui parlant doucement.

On s'écarte pour laisser passer le docteur Rachad. Il se penche vers Dina, lui prend le pouls, puis dit à Amira :

– Aidez-moi à l'asseoir dans un fauteuil.

Elle a des gestes précis et efficaces.

– Oui, c'est bien comme ça, dit le médecin.

Dina ouvre les yeux, sourit faiblement. Loutfi Salama se précipite avec un verre d'eau, qu'elle repousse :

– Sers-moi plutôt un whisky.

On rit. Le monde ressuscite.

37

Loin de compromettre la soirée, l'accident de Dina
a rapproché les personnes présentes. Les langues se
sont déliées.

Le docteur Rachad découvre qu'Amira est l'un des
professeurs de son fils cadet à l'Université du Caire.

– Ah bon ? plaisante-t-il avec sa légèreté habituelle. Vous enseignez les mouvements sociaux ?
Mais alors vous connaissez les mouvements du paso
doble...

Betty Josselin a entrepris Negm el-Wardani sur
les problèmes de circulation à Zamalek. Très à l'aise
en anglais, ce dernier lui explique que les embou-
teillages sont inévitables et qu'il faut s'y adapter.
Sa BMW est équipée comme un bureau :

– Avec mes clients étrangers, je signe souvent des
contrats en voiture, en les raccompagnant à l'aéroport. Immobilisés sur la route, ils sont plus vulné-
rables, et beaucoup plus conciliants.

Le violoniste de l'Opéra semble séduit par les ron-
deurs de Ludivine. Apprenant qu'elle aime Verdi,
il lui propose d'assister à une répétition d'*Aïda*, fin
avril, après la saison de fouilles. Cheminard se fait

un malin plaisir de s'immiscer dans la conversation :

– Vous parlez de Verdi, cher ami. N'oubliez pas qu'un Français est à l'origine de cette œuvre.

– Comment ça, un Français ? demande Ludivine.

Cheminard se lance alors dans un interminable exposé sur l'égyptologue Auguste Mariette, que le violoniste tente en vain d'interrompre. Il y est question du khédive Ismaïl, de l'inauguration du canal de Suez, de la guerre de 1870...

– Mais vous allez me demander, poursuit Cheminard, ce qui s'est passé lorsque le livret d'opéra conçu par Mariette a été remis à Verdi. C'est une longue d'histoire. Il faut d'abord que je vous raconte...

Saint-Sauveur s'excuse auprès de Dina pour l'avoir entraînée dans des entrechats périlleux.

– Si tu savais comme ça m'a fait plaisir, chéri ! lui répond-elle. Ça m'a rappelé les soirées dansantes de ma jeunesse.

Et, pour le petit groupe qui l'entoure :

– J'ai eu la chance d'être invitée plusieurs fois au bal de l'*Heliopolis Palace*. Je ne vous dis pas la féérie du lieu ! En ce temps-là, l'*Heliopolis Palace* n'était pas le siège de la présidence de la République, mais le plus bel hôtel du Moyen-Orient.

– En ce temps-là, il n'y avait pas la république, remarque Rafik Nassib.

– Il y avait la monarchie, comme aujourd'hui, lance Amira, qui s'attire des rires.

La conversation glisse sur le roi Farouk, puis sur son père, Fouad. Et nous voilà en train de parler des manifestations de 1919 qui avaient conduit à l'indépendance.

— Ce sont les plus belles que l'Égypte moderne ait connues, dit Loutfi Salama. Toutes les frontières s'étaient provisoirement évanouies : entre hommes et femmes, riches et pauvres, musulmans et coptes… Pour la première fois, des dames de la haute bourgeoisie se joignaient à la foule, des imams prêchaient dans des églises, et des prêtres dans des mosquées.

Mon grand-père Georges Batrakani, qui n'était pas encore bey, s'inquiétait de toute cette effervescence.

12 février 1919
Papa est revenu à la maison très énervé : « Évidemment, Makram soutient ces va-nu-pieds ! Il trouve normal qu'ils sèment la pagaille, cassent les vitrines et nous empêchent de travailler. » Papa n'arrête pas de se chamailler avec son expert-comptable, mais c'était déjà vrai quand, enfants, ils étaient dans la même classe. Depuis l'instauration du protectorat britannique il y a quatre ans, Makram ne porte que des cravates et des costumes noirs : ce copte a juré de garder le deuil jusqu'au départ d'Égypte du dernier soldat anglais. « À ta place, lui a dit papa, je mettrais au moins une pochette blanche, pour montrer que je ne crois pas complètement au Père Noël. »

20 juin 1956
Papa est beaucoup plus affecté par la mort de Makram qu'il ne veut le laisser paraître. Je me

demande si, en fin de compte, ce n'était pas son meilleur ami. Leur dernière rencontre avait eu lieu à la maison, le 18 juin, quelques heures après le départ du dernier contingent britannique. Makram était arrivé tout guilleret, dans un superbe costume blanc, un œillet à la boutonnière. Papa n'avait pu s'empêcher de déboucher une bouteille de champagne [...]. Jusqu'à sa mort, Makram aura porté le tarbouche, par habitude, par fidélité ou pour faire plaisir à papa.

38

J'ai proposé à Amira de prendre un thé à la menthe sur la terrasse. Je l'interroge sur ses activités. Elle donne cette année un cours sur les mouvements sociaux dans l'Égypte khédiviale. Ayant beaucoup lu sur cette période, je me lance dans une série d'observations et de remarques sur le percement du canal de Suez et les débuts de l'occupation britannique, en y mêlant un peu d'histoire familiale.

– Il y a une chose qui me frappe, lui dis-je, c'est le parallélisme étonnant entre deux règnes, à quarante ans d'intervalle, celui du khédive Abbas, écarté du pouvoir en 1914, et celui du roi Farouk, renversé par la Révolution de 1952…

Amira m'écoute. Elle n'a pas l'air de trouver stupide ce que je dis, mais m'arrête en plein élan :

– Vous regardez tout le temps dans le rétroviseur ?

Surpris, déstabilisé, je m'insurge :

– Le passé devrait intéresser une historienne !

– Le passé est passé, dit-elle d'une voix plus douce.

De la porte-fenêtre, Yassa me fait un petit signe :

– Téléphone pour toi. Un appel de l'étranger, me semble-t-il.

Je ne suis pas mécontent d'interrompre cette conversation, le temps de reprendre pied. Le vieil appareil mural à cadran se trouve dans l'office. Qui peut bien m'appeler chez Dina, à cette heure ?

C'est François, de Genève, avec sa voix bourrue :

– Alors, ça y est ? Où en es-tu ?

J'ai éteint mon portable depuis mon arrivée au Caire, ne voulant pas être harcelé.

– Je ne peux pas te parler, dis-je. On se téléphone demain.

Et je raccroche. Ce rappel brutal de ma mission au Caire m'aurait gâché le reste de la soirée s'il n'y avait Amira. Mais où est-elle ? Il a suffi que je tourne le dos pour que Loutfi Salama l'entreprenne sur l'université du Caire, qui n'est plus ce qu'elle était… Ça risque d'être long. Pas question de lui laisser mon historienne !

– Loutfi, dis-je en commettant mon quatrième ou cinquième mensonge de la soirée, il me semble que Dina te cherchait.

Il part comme une flèche.

Ne voulant pas revenir d'emblée sur notre échange de tout à l'heure, j'interroge Amira sur ses étudiants :

– Avoir choisi l'histoire n'est peut-être pas le meilleur moyen de trouver un emploi…

– Beaucoup ont choisi cette orientation par défaut. Leurs résultats au baccalauréat ne leur permettaient de faire médecine ou ingénierie qu'à Port-Saïd ou à Assiout. Ils ont préféré devenir historiens au Caire…

De toute façon, notre système d'enseignement est un désastre. Un test d'arabe a été effectué le mois dernier dans une école de Kafr el-Dawar : les élèves de la classe de quatrième primaire ont tous obtenu zéro ! Et on s'est aperçu qu'un quart d'entre eux étaient incapables d'écrire leur nom.

Les seuls à s'en sortir, explique-t-elle, sont ceux qui peuvent se payer des cours particuliers de groupe. Il y a maintenant de véritables classes parallèles, de la maternelle à l'université, qui permettent à des enseignants de doubler, quadrupler ou même décupler leur maigre salaire.

– Hier, poursuit Amira, deux de mes étudiantes ont voulu assister aux cours voilées de la tête au pied. Il ne nous manquait plus que ça ! Ce pays est en train d'étouffer, entre des fous furieux qui mettent de la religion partout et un pouvoir épuisé et largement corrompu. Nous avons besoin d'air. Nous avons besoin de justice sociale et de démocratie. Et je ne parle même pas de nos prisons, qui sont une honte.

Elle dit tout cela avec vivacité. Puisqu'elle fait allusion aux prisons, je lui parle d'une amie de Dina que j'ai surprise tout à l'heure sur la terrasse, perdue dans ses pensées. Ma tante oblige cette femme d'une soixantaine d'années à venir à chacune de ses réceptions.

– Parole d'honneur, si tu ne viens pas, j'irai te chercher !

Cette femme ne s'est jamais remise du séjour en prison de son fils cadet. Il avait été arrêté un soir, dans un club du Caire, avec quelques camarades homosexuels. Il a connu l'enfer en prison. Elle avait remué ciel et terre pour obtenir sa libération. Finalement libéré, il a quitté le pays et n'a pas l'intention d'y revenir. Depuis ce drame, l'amie de Dina a perdu son sourire.

Est-ce pour tenter de séduire Amira que je me livre davantage ?

– C'est quand des choses me révoltent vraiment en Égypte, lui dis-je, que je me sens égyptien.

– Seulement quand des choses vous révoltent ?

Je réfléchis quelques secondes.

– Non. Quand j'écoute une histoire drôle, une *nokta* bien tournée, ou quand un film d'ici me fait rire aux éclats, je me sens égyptien.

Elle me regarde, un peu étonnée, en portant le verre de thé à ses lèvres.

– Et ça vous avance à quoi, de vous sentir égyptien ? À quoi ça sert de rire ou de se révolter dans son coin ?

Elle se tait un instant, puis :

– Êtes-vous au courant de ce que subissent les femmes dans ce pays ?

– Vous voulez parler de…

– Du pire. L'excision. L'atteinte à l'intégrité physique. L'inscription définitive de l'infériorité féminine. Vous comprenez ?

– Oui, c'est une des choses…

– Qui vous révoltent. Savez-vous que cette mutilation n'a même pas de fondement religieux ? Elle est officiellement condamnée, et par les autorités musulmanes et par les autorités chrétiennes. Elle est illégale, mais l'immense majorité des femmes égyptiennes la subit. Le comble, c'est que les familles de bédouins sédentarisées l'ont adoptée alors qu'elle n'appartient pas à leurs traditions.

– Qu'est-ce qu'on peut faire ?

– On fait. J'appartiens à une association qui organise des campagnes publiques pour dénoncer ce crime et sensibiliser les femmes à toutes les violences qu'elles subissent.

– Je ne savais pas que…

– Vous pourriez nous aider. Oui, même de l'étranger, vous pourriez nous aider. Nous avons une réunion demain soir près de la place Talaat Harb. Vous venez ?

39

L'horloge du hall a sonné deux heures du matin avec trente minutes d'avance. Personne ne s'en est aperçu au milieu de tout ce brouhaha et du *Boléro* de Ravel que Dina a cru devoir mettre en fond sonore.

– C'est un défaut d'origine, disait Georges bey, qui avait déclaré le mécanisme irréparable.

Si j'en crois les récits familiaux, mon grand-père trouvait divers avantages à cette accélération du temps. Les dîners de circonstance le barbaient. Il n'était pas mécontent de hâter le départ de ses invités ou, simplement, de leur rappeler que le moment était venu de lever le camp.

Flora est partie avec Negm. Les autres membres de la mission de fouilles ne voulaient pas se coucher trop tard et comptaient sur Yassa pour les raccompagner en voiture.

– J'ai moi-même une longue journée demain, m'a-t-il dit : les derniers préparatifs du voyage, et ce chien qu'il va falloir emmener… J'aurais aimé que tu viennes à l'oasis avec nous. Une prochaine fois, *incha Allah*.

Il m'a embrassé chaleureusement et m'a remercié de nouveau pour la jumelle d'observation.

— J'espère que vous allez faire une belle découverte, a dit Dina aux égyptologues. Comme ça, on parlera de vous sur TV5, et je verrai à quoi ressemble votre maison de fouilles.

Amira serre la main de Loutfi Salama et embrasse Dina.

— Dommage que vous ne soyez pas venue plus tôt, lui dis-je. Vous avez manqué la visite d'une salle, là-haut, où sont exposés des tarbouches.

— J'ai déjà eu l'occasion de la voir. Mais je la reverrai avec plaisir.

— Nous n'avons pas fini de parler du général de Gaulle…

— On n'en a jamais fini avec les généraux ! répond-elle en souriant.

Nous avons rendez-vous demain, à dix-neuf heures, au *Café Riche*, près de la place Talaat Harb.

Je la raccompagne jusqu'à la grille. Sa voiture, à l'aile cabossée, est garée sur le trottoir d'en face. Elle me fait un petit salut de la main, avant de démarrer.

Les derniers invités sont en train de prendre congé dans le hall, avec force remerciements et embrassades. La maîtresse de maison laisse Mahmoud les raccompagner jusqu'au portail et vient s'affaler dans l'une des bergères du petit salon.

— Loutfi, je ne tiens plus sur mes jambes ! Je t'en prie, sers-moi une gazeuse. Ah, cette Italienne du consulat m'a épuisée ! Je n'ai rien compris à ses explications sur le tourisme à Charm el-Cheikh. Qu'est-ce que j'ai à voir, moi, avec le tourisme à Charm el-Cheikh ?

Elle se tourne vers moi :

– En tout cas, *habibi*, elle a été ravie de bavarder avec toi. Elle va certainement t'inviter à dîner. Tu verras, chez elle, c'est toujours très ennuyeux.

Dina s'enfonce un peu plus dans le fauteuil en tendant les jambes avec une grâce de jeune fille :

– J'ai trouvé Betty en pleine forme. Et Jiji alors ! Je suis contente d'avoir fait la connaissance des membres de son équipe. Je n'ai toujours pas compris ce qu'ils fabriquent. Les photos m'ont beaucoup déçue. Tout ça pour quelques murs écroulés… Moi, je pensais qu'ils avaient découvert une pyramide, un temple, est-ce que je sais ? Enfin, ils sont sympathiques, ces jeunes gens, et ça les occupe. Avec leurs questions, dans la salle des tarbouches, ils m'ont rappelé toute une époque. Que dc souvenirs ! Moi, je suis vieille Égypte. On ne m'enlèvera pas de l'idée que la vie d'avant était dix fois plus douce que celle d'aujourd'hui. Même pour les pauvres. Oui, oui, Loutfi, même pour les pauvres.

Elle agite doucement les glaçons dans son verre.

– Où sont les arbres d'antan ? Où sont les jardins ? Tu te souviens de l'Ezbekeya de notre jeunesse ? Et encore, nous n'avons pas connu l'Ezbekeya de nos parents : un vrai bois de Boulogne ! Maintenant, même dans un quartier privilégié comme celui-ci, on ne sait plus où se garer. Il faudra bientôt empiler les voitures les unes sur les autres. Les gens ont raison : ce n'est plus Garden City, mais Parking City.

Elle s'adresse à moi :

– Et encore, ici nous sommes relativement épargnés. Regarde le reste de la ville. La plus grande partie du Caire a été massacrée. On parle de dix-sept millions d'habitants. Dix-sept millions, parole d'honneur ! C'est autant que toute la population de l'Égypte avant mon mariage. On s'est beaucoup moqué de ton grand-oncle Edmond Touta, qui dénonçait l'apocalypse quand l'Égypte était encore un paradis. D'accord, il avait le cerveau un peu fêlé, mais, finalement, c'était un visionnaire.

Elle soupire :

– Il y a trop de monde. Trop. On se marche sur les pieds. Et, en même temps, il n'y a plus personne. La plupart de mes amis d'enfance sont partis à l'étranger : Beyrouth, Montréal, Paris, les États-Unis, l'Australie… L'Australie, tu te rends compte ! Mais les vrais exilés, ce n'est pas eux : c'est nous, oui, nous qui sommes restés.

Un sourire illumine son visage :

– À propos, je crois que tout le monde était content ce soir. N'est-ce pas Loutfi ? Je regrette seulement que le général Hassan Sabri n'ait pas pu venir.

Le nom m'a fait sursauter.

– Hassan Sabri !

– Oui, *habibi*, pourquoi ?

– Mais il est mort en 1973 !

– Comment ça, il est mort ?

– Tu parles bien, Dina, de Hassan Sabri, le neveu de Rachid ? Le neveu du *soffragui* de mes grands-parents ?

– Oui, chéri. De qui veux-tu que je parle ?

– Mais Hassan Sabri a été tué en 1973 lors de la guerre contre Israël !

– C'est ridicule. Tu dois faire erreur, *habibi*.

Loutfi Salama intervient d'une voix paisible :

– Dina a raison. Tu confonds certainement avec quelqu'un d'autre. Il y a des milliers de Hassan Sabri ou de Sabri Hassan en Égypte. Tu n'as qu'à ouvrir l'annuaire téléphonique. Ils doivent être presque aussi nombreux que les Mohammed Ahmed ou les Ahmed Mohammed. Tant que durera cette manie d'adopter le prénom du père comme patronyme…

Le Hassan Sabri dont parlait le dossier de presse n'était donc pas le bon ! J'avais dû être trompé par l'âge de l'officier décédé, qui correspondait à peu près à celui du neveu de Rachid. Trompé aussi par son origine modeste (comme si la plupart des officiers de cette génération n'étaient pas d'origine modeste !). La brève notice le concernant signalait qu'il avait publié un livre de souvenirs, mais sans en indiquer le titre. Ce n'était pas forcément *Itinéraire d'un officier* ! Il doit y avoir des dizaines de Mémoires de ce genre. À aucun moment l'idée ne m'avait effleuré que ce pouvait être un autre Hassan Sabri.

Je demande à Dina comment elle a connu l'officier.

– Mais le plus simplement du monde, chéri. Un après-midi, il y a deux ou trois mois, on a sonné à la porte. Mahmoud est allé ouvrir, puis m'a appelé. Un homme âgé, de belle prestance, s'est présenté : « général à la retraite Hassan Sabri », en me demandant si la maison était bien à vendre. « Vous avez l'air plus au courant que moi ! » lui ai-je dit en riant.

Il a ri aussi et s'est excusé. Puis il m'a précisé qu'il avait connu cette maison autrefois, quand son oncle y travaillait. Rachid… J'avais un vague souvenir du *soffragui* de mes beaux-parents, avant la Révolution. J'étais toute jeune mariée…

– Ça alors !

– Quoi ? Qu'est-ce que j'ai dit ?

– Non, rien, Dina… Rien, continue.

– Le général Hassan Sabri m'a demandé s'il pouvait revoir la pièce où logeait son oncle. J'ai dit à Mahmoud de le conduire dans l'entresol. Quand il est remonté, visiblement ému, je lui ai proposé un café, que nous avons pris sur la terrasse. « Je sais que votre famille n'aimait pas Nasser, m'a-t-il dit, mais au moins du temps de Nasser les femmes ne portaient pas le voile et les diplômés de l'université n'étaient pas obligés de devenir taxi pour échapper au chômage. » Il m'a fait beaucoup rire ensuite avec des histoires de chauffeurs de taxi. S'il achète cette maison…

– Mais tu n'y penses pas, Dina !

Elle me regarde, étonnée. Soudain son visage se brouille. Elle détourne la tête pour cacher ses larmes. Puis, se reprenant, elle me lance d'une voix blanche :

– Ne dis pas de bêtises, *habibi*. Tu sais bien que cette maison sera vendue tôt ou tard. Les héritiers de Georges Batrakani sont trop nombreux pour rester en indivision.

Je proteste :

– Mais toi, Dina ? Toi ? Où irais-tu ?

– Oh, moi, j'irais habiter l'appartement que Loutfi possède dans l'immeuble Antonius, à Zamalek, et qu'il me propose depuis des années. N'est-ce pas Loutfi ?

Elle poursuit sur un ton léger, forcé, presque mondain :

– À propos, Loutfi, t'ai-je raconté un rêve que j'ai fait cette semaine ? C'était à l'entrée de l'immeuble Antonius. Tu étais assis à la place du portier, coiffé d'un turban. Tu lisais le journal, mais à l'envers. Oui, tu le tenais à l'envers, je me demande pourquoi !

Un temps de silence. Elle fait légèrement tinter le reste de glaçons dans son verre.

– Dina, dis-je, es-tu sûre…

– Mais oui, *habibi*, je quitterai la maison. Je ne vais pas finir ma vie en gardienne de musée ! J'habiterai dans l'appartement de Zamalek, et puis je voyagerai, j'irai voir ma sœur à Beyrouth, mes cousins à Montréal, Nino Touta m'a invitée à Rio. Je rêve de connaître Rio. J'ai tant de parents et d'amis à retrouver, tant de choses à découvrir !

Elle se tait. Puis, d'un revers de la main, essuie une larme qui coule sur sa joue. Je m'entends dire :

– Pas question, en tout cas, de vendre la maison à ce Hassan Sabri ! D'où sort-il son argent, celui-là ? Encore un officier qui a dû gagner des millions après avoir été placé à la tête d'une société parapublique !

Loutfi intervient :

– Mais non, détrompe-toi. J'ai parlé avec lui. Il n'a que sa retraite de général de brigade. Il devait être trop pur, ou trop nassérien, pour prospérer du temps de Sadate… Ce n'est pas lui qui achèterait la maison, mais son association.

– Quelle association ?

– Le général Hassan Sabri préside l'Association 1919, consacrée au souvenir des événements de 1919 qui ont conduit à l'indépendance de l'Égypte. Il n'a pas tort de dire que c'était un moment exceptionnel de notre histoire nationale : riches et pauvres manifestaient ensemble, musulmans et chrétiens défilaient côte à côte, avec des drapeaux portant le croissant et la croix…

– Je sais, Loutfi, je sais tout ça. Mais la maison ?

La voix tranquille du professeur honoraire contraste avec ma fébrilité :

– J'étais ici, chez Dina l'autre jour, quand Hassan Sabri est revenu avec le vice-président de l'association, un chirurgien copte de l'hôpital Qasr el-Aini. La petite-fille du général les accompagnait.

– Une beauté ! précise Dina. Et quelle vivacité, quelle intelligence ! D'ailleurs tu l'as vue, me dit-elle.

– Comment ça, je l'ai vue ?

Dina me regarde d'un air étonné :

– Tu l'as vue ce soir, non ? Il me semble bien, pourtant, t'avoir présenté Amira.

Je suis sidéré. Incapable de proférer un mot.

Maintenant, c'est Loutfi qui parle :

– Le général Hassan Sabri et le professeur Mounir Boutros ont été émerveillés par la salle des tarbouches, là-haut, que ta tante leur a fait visiter. « La Révolution de 19 s'était faite en tarbouche ! » répétait le chirurgien. C'est exact : mon père me parlait de ces foules immenses coiffées de rouge, on aurait dit un champ de coquelicots…

– D'accord, Loutfi, d'accord, dis-je avec impatience, mais en quoi la maison les intéresse ?

– Le général Hassan Sabri et le professeur Mounir Boutros sont prêts à l'acheter, au prix du marché, pour en faire une sorte de musée. Leur association y exposerait des documents d'époque, des objets ayant appartenu aux dirigeants du mouvement de 1919…

– Et des tarbouches, ajoute Dina, si nous leur en cédons une partie, avec les vitrines.

Je ne dis plus rien. Je suis dans un état second, assommé. Mahmoud, armé d'un plateau, vient ramasser les derniers verres. Loutfi Salama consulte sa montre et se lève pour prendre congé.

– Il est l'heure d'aller se coucher, *habibi*, me dit Dina. On aura tout le temps d'en parler demain.

Loutfi Salama embrasse chastement la maîtresse de maison, lui souhaite une bonne nuit et se dirige vers l'office pour dire un mot à Mahmoud et au cuisinier. Son taxi l'attend. Sur le perron, il pose une main sur mon épaule :

– Ne t'en fais pas pour Dina. Elle aura tout le confort nécessaire dans cet appartement.

En montant dans le taxi, il ajoute d'une voix paisible :

– Je vais demander au chauffeur de rouler lentement : à cette heure-ci, la circulation automobile est très réduite. Quand le silence s'installe sur la ville, je ferme les yeux, et Le Caire redevient celui de ma jeunesse.

40

Pas un bruit, même avec la fenêtre entrouverte. Le quartier a au moins gardé son calme d'antan et de grands arbres. Les parfums mêlés des eucalyptus et du jasmin se libèrent quand la ville, épuisée, rend les armes. Il n'y a toujours pas de magasin dans ce coin boisé de Garden City. Mais la vie s'en est allée aussi. La plupart des anciennes villas ont été vendues à des légations étrangères.

Comment dormirais-je ? Dans ma tête en feu alternent le visage d'Amira et celui d'un vieillard que je n'ai jamais vu. Le général Hassan Sabri doit avoir quatre-vingt-trois ou quatre-vingt-quatre ans. « Une belle prestance », a dit Dina. Ces officiers égyptiens, qui se sont musclé le corps et l'esprit à l'Académie militaire, vieillissent très bien quand ils ne s'avachissent pas dans les fauteuils du pouvoir.

Pourquoi ai-je projeté sur cette maison tant de rêves ? Ce n'est pas la mienne. Je me la suis appropriée. Michel m'a légué ses cahiers, pas sa chambre. D'ailleurs, si une maison devrait m'émouvoir, c'est celle où j'ai grandi à Héliopolis. Je connais mal ce quartier de Garden City, et il m'arrive encore de me perdre dans ces rues enchevêtrées. Le dimanche, nous y arrivions et en repartions en voiture, alors qu'à Héliopolis mon vélo avançait les yeux fermés.

J'ai quand même du mal à me faire à l'idée que cette maison va disparaître… Mais non, elle ne va pas disparaître puisqu'elle sera prise en charge par le général Hassan Sabri et le chirurgien copte. C'est ce qui pouvait lui arriver de mieux.

Que vais-je faire de tous les livres de Michel, des collections du *Lotus* et de *La Revue du Caire* ? Où les mettrais-je à Paris ? Ils seront plus utiles ici.

Il faudra laisser à Dina la grande armoire de sa chambre, le lit à baldaquin, la coiffeuse, les bergères du petit salon, la photo de l'entrée, la vaisselle, enfin tout ce qu'elle voudra… On offrira à Yassa la Chevrolet Bel Air. Il faudra aussi indemniser Mahmoud, lui assurer une retraite convenable. Je le recommanderai auprès du général…

J'ai dû dormir deux heures environ. Dans ce rêve étrange, j'étais au volant de la Chevrolet. La route traversait des champs de coquelicots, ou plutôt de tarbouches. Georges bey avait invité l'officier à prendre place sur la banquette arrière, à côté de lui. « Je me fais vieux, Sélim, disait-il à Hassan Sabri. Tu vas devoir me succéder. » Curieusement, l'autre ne protestait pas. Il avait l'air de trouver normal de porter le prénom de mon père.

Le jour est sur le point de se lever. Mahmoud, aussi matinal que le coq, ne va pas tarder à arroser cette partie du jardin, éclaboussant comme d'habitude l'arrière de la Chevrolet. De ma fenêtre, j'en aperçois son aileron vert et sa vieille plaque d'immatriculation.

Je prendrai le petit déjeuner avec Dina sur la terrasse. J'en profiterai pour lui poser deux ou trois questions. Sur le général Hassan Sabri, bien sûr. Et sur mon père... Oui, sur mon père. À moins qu'elle ne paresse dans son lit et qu'un coup de téléphone de Negm el-Wardani, ou d'un autre, à la recherche de quelque *moucharabeya*, ne vienne la surprendre...

Notre société cosmopolite d'hier était une oasis. Ou plutôt une série d'oasis ouvertes les unes sur les autres. C'était un monde tourné vers le grand large, qui se protégeait de son environnement immédiat.

Je suis passé des oasis à l'exil. Et chaque fois que je reviens en Égypte, c'est avec l'espoir de retrouver un peu du paradis perdu. Le moindre vestige de ces années de grâce me bouleverse davantage qu'une gravure ou une poterie vieille de quarante siècles.

Dans le pays actuel, je cherche avec obstination tout ce qui demeure du passé : le Nil, le désert, la gentillesse, l'humour, la souplesse, le fatalisme... « L'Égypte éternelle ».

Au cours de la soirée, alors que je venais d'évoquer les belles années de jadis, Yassa m'a dit :

– Es-tu sûr, *habibi*, que cette époque a toujours été un paradis ? Même pour vous ?

Il n'y avait dans ses propos aucun reproche, aucune arrière-pensée politique. Yassa n'a jamais eu l'esprit partisan. L'un de ses proverbes égyptiens favoris est : « Chacun dort sur le côté qui le repose. »

217

Deux ou trois mauvais souvenirs me viennent à l'esprit. Et d'autres encore, plus douloureux : de vrais drames, dont la plupart dataient pourtant des années lumineuses d'avant ma naissance. Roland, le premier mari de Lola, que le tribunal grec-catholique avait débouté et qui s'était fait musulman ensuite pour obtenir la garde de l'enfant... L'incendie du Caire en janvier 1952, quand les émeutiers s'en étaient pris à des hôtels, des grands magasins, tout ce qui avait un air occidental... Nino Touta qualifié de « sioniste » dans la rue parce qu'il avait les cheveux châtain et qui a préféré s'exiler au Brésil... Et l'assassinat à la campagne de mon grand-oncle Nando, égorgé comme un mouton, sans doute par l'un de ses clients... Pourquoi ai-je tant idéalisé notre monde évanoui et occulté toutes ses souffrances ? Nous ne vivions pas au paradis !

Mahmoud houspille ses poules. Le Vieux-Caire aussi doit commencer à s'éveiller. Les premiers rayons du soleil vont bientôt atteindre les plus grands arbres de notre cimetière : là où reposent à jamais, quoi qu'il arrive, Georges bey Batrakani, le Père André, Nando, la Mamelouka, Edmond Touta, le comte Henri, Milo, Maguy... et tant d'autres.

Qu'est-ce que je connais de ce pays, sinon des oasis ? Je me cantonne dans les refuges, comme d'autres se réfugient dans l'Égypte pharaonique. Je fréquente les îles, dans la grande mer de sable. Fuyant l'odeur de la misère, de l'argent sale et du sang des moutons que l'on égorge le jour de la Fête, je passe

d'une île à l'autre. L'archipel des bienheureux…
J'ai soudain une furieuse envie d'en sortir

« Ta vie est là-bas, en France », m'a dit Yassa.
L'homme d'aéroport sait de quoi il parle. C'est vrai,
je suis bien là-bas, et c'est peut-être pour ça que je
peux venir ici. Mais il faudrait que j'y vienne la prochaine fois pour quelques semaines au moins. Ou
même plusieurs mois.

J'ai rendez-vous avec Amira à 19 heures, au *Café
Riche*, près de la place Talaat Harb. À cette heure-
ci, elle doit dormir encore. Je vois très bien où elle
habite. Cette petite rue, près de la basilique… L'Héliopolis d'aujourd'hui n'est pas tout à fait celle que j'ai
connue, mais on y vit sans doute aussi intensément
que naguère, avec des rêves, des souvenirs, des bai-
sers au clair de lune, des rires, des larmes, et mille
projets.

Accoudé à la fenêtre, j'adresse un petit salut à
Mahmoud. La brise matinale fait frissonner les feuil-
lages.

« Le passé est passé », m'a dit Amira. Le journal
de Michel, je l'ai lu et relu. Il est temps de le refermer. Une autre histoire s'écrit aujourd'hui.

Ça y est, le tuyau d'arrosage hoquète, crachote.
L'eau jaillit en direction du potager. Cette douceur
de l'air…

Les Nouveaux Chrétiens
Seuil, 1975

Le Défi terroriste
Seuil, « L'Histoire immédiate », 1979

Le Tarbouche
prix Méditerranée 1992
Seuil, 1992
et « Points Grands Romans », n° P117

Le Sémaphore d'Alexandrie
Seuil, 1994
et « Points Grands Romans », n° P236

La Mamelouka
Seuil, 1996
et « Points », n° P404

L'Égypte, passion française
Seuil, 1997
et « Points », n° P638

Les Savants de Bonaparte
Seuil, 1998
et « Points », n° P885

Alexandrie l'Égyptienne
(en collaboration avec Carlos Freire)
Stock, 1998

La Pierre de Rosette
(en collaboration avec Dominique Valbelle)
Seuil, 1999
et « Points », n° 1185

Mazag
Seuil, 2000
et « Points », n° P916

Dictionnaire amoureux de l'Égypte
Plon, 2002

Voyages en Égypte
(en collaboration avec Marc Walter et Sabine Arqué)
Chêne, 2003 ; rééd., 2010

Le Grand Voyage de l'Obélisque
Seuil, 2004
et « Points Histoire », n° H360

Fous d'Égypte
(en collaboration avec Pierre Corteggiani,
Jean-Yves Empereur et Florence Quentin)
Bayard, 2005

Bonaparte à la conquête de l'Égypte
Seuil, 2006
et « Points Histoire », n° H433

L'Égypte d'hier en couleurs
(en collaboration avec Max Karkégi)
Chêne, 2008

Voyages en Égypte
(en collaboration avec Marc Walter)
Chêne, 2010

La Vie éternelle de Ramsès II
Seuil, 2011

Le Pharaon renversé
Les Arènes, 2011

RÉALISATION : NORD COMPO À VILLENEUVE-D'ASCQ
IMPRESSION : CPI BRODARD ET TAUPIN À LA FLÈCHE
DÉPÔT LÉGAL SEPTEMBRE 2011. N° 105485. (64638)
IMPRIMÉ EN FRANCE